馔

云鲸航 著

烟火温柔
人间雪白

中国友谊出版公司

图书在版编目（CIP）数据

烟火温柔，人间雪白 / 云鲸航著. —— 北京：中国友谊出版公司，2021.1（2021.11重印）
ISBN 978-7-5057-5112-5

Ⅰ．①烟⋯ Ⅱ．①云⋯ Ⅲ．①散文集－中国－当代 Ⅳ．①I267

中国版本图书馆CIP数据核字(2021)第014952号

书名	烟火温柔，人间雪白
作者	云鲸航
出版	中国友谊出版公司
发行	中国友谊出版公司
经销	新华书店
印刷	唐山富达印务有限公司
规格	880×1230毫米　32开
	9印张　167千字
版次	2021年4月第1版
印次	2021年11月第4次印刷
书号	ISBN 978-7-5057-5112-5
定价	39.80元
地址	北京市朝阳区西坝河南里17号楼
邮编	100028
电话	（010）64678009

版权所有，翻版必究
如发现印装质量问题，请与承印厂联系调换
电话　（010）59799930-601

献给人间依然温柔的你

目 录
CONTENTS

01 _ 序：寒山问雪，少年可好

 **一碗人间**

002 _ 一身是月

007 _ 人生如鹤

012 _ 谎言之味

018 _ 面对餐桌

023 _ 落于鼻尖的味道

030 _ 从舌尖开始感受爱

036 _ 一人住，一人食，一人好好活

第二辑　天地沙鸥

046 _ 海边诗章

051 _ 蝴蝶般的船

066 _ 想念的温度

074 _ 刻在心底的山川和星辰

081 _ 看海去

086 _ 如雾起时

091 _ 换季

099 _ 雪城

 **少年仲夏**

104 _ 年少的水花永远荡漾

111 _ 住在声音里的彼得·潘

116 _ 走廊上的时光

120 _ 再见夏天,再见少年

126 _ 向前跑,冥王星

133 _ 光辉岁月

139 _ 只能送你到这里

145 _ 千百个少年,千百个明天

第四辑　温柔焰火

154 _ 写给父亲的散文诗

163 _ 目送你向着光走去

167 _ 这个世界还很好

175 _ 人间烟火

183 _ 温故，待春风

188 _ 夜晚的独舞

193 _ 江城子

第五辑　**日光蜉蝣**

204 _ 时间的远方

210 _ 脸

227 _ 那根绳索

233 _ 你很想赢吗

239 _ 懒者的囚牢

244 _ 潜心耕耘，瓜熟蒂落

249 _ 看它们，也看自己

257 _ 与紧张和解

263 _ 身在美中

序：寒山问雪，少年可好

想到跟你大半年未见，心底就落了千堆的雪。

生活的崖面在这一年寒霜遍布，许是从疫情开始，许是因个人时运或身体状况不佳，难有好心情面对屋外的四季，花辰月夕或社燕秋鸿之景。

远方曾是我的希冀与光亮，内心再禁闭，出趟远门，一回来，好像生活可以从长计议。也不切实际想过在久远的某天与一个人去山海间开民宿，招待这个世界上失落而疲惫的旅人，对方可以不用付费，但要足够单纯、善良。

后来，这个算是生命中最伟大的理想破灭了，倒不是因为没钱做资本，钱总是能赚的，主要是那个本可与你并肩的人，丢了。你从茫茫人海中辛苦找到了他，却最后又将他还给了茫茫人海。

疫情风波稍平静时,我还是离开家,去远行了。困于樊笼时间太长,躯体只是团恹恹的肉,足下大地似乎也变得有些陌生,常常迟疑如幼童,不知下一步该迈向何处。所幸从来都不是会让自己难过的人,便不管这些纠结情绪,下一秒心底浮现的地方是哪里便朝哪里走去,不再考虑,往前,往前。就这样在人间兜转,路过闹市,前往山中,也去往海边。在熟悉或陌生的地方,在靠近你或离你遥远的他方,走走停停,记记忘忘,模拟一种已能脱身困境的人生。

也常带着之前出版的两本书,视若己出的婴孩,到世界上的许多角落,到岁月的更深深处。看人潮往来,喜乐的风筝起起伏伏。有幸在路上碰到同样嗜书的人,会相互交换,偶尔也沾沾自喜于自己的书没写得太庸俗简单。那些陌生的朋友翻着书中片段,一连说了几声"喜欢",这使我有了很大的勇气继续前行。

但在世俗裹挟中,在疾病当道的现在,一个人还是会在一段特殊的日子里将"寂寥"二字的笔画写得清清楚楚,沾取四方山河的霜雪,笨拙地蘸着浓郁的夜色,饮风咽沙。

茫然加深了沿途的泥沼,寒凉是夜中业已老去的马匹,呆呆迷着路,无法赴津口,只能跟着只影穷酸的我作伴。我也无法轻骑着这衰老失声的日子,那段时间,我们应该相似吧。

挥之不尽的烦恼幻化为梦境中他人紧逼的步履,引弓惊鸿,自己是不断地逃离，不断地生生死死。忽一梦醒，夜深寂寥白墙晃影，房间飘浮残羹冷炙的气味，提醒一种霉变。

也逐渐的，在人与人的关系上变得生疏。知道做很多事，说很多话，往往徒劳无功。交谈的对象更愿意是孩童、树木、街边的狗，甚至仅仅是天空缓慢飘过的一朵云，他们无目的地途经我的生命，只带着最初的状态离开，不会使我在别离的那一刻有复杂的情绪。这些年，经历了太多，有时也沦陷于自说自话的境地，但自己从不需要谁悲悯，也无需谁拯救。面对自己，不担心会说错话，也不用照顾谁的心情，更不必对旁人付诸感情，孤单，却异常安全。

当然，这种"自说自话"的感觉，我多半是在写作中达成的，或者选择一个黄昏独自靠向记忆的旧椅，等着在余晖中与过去的自己相逢，换得今朝一点少年面目，也换得当下稀薄的一点信念：不断确认自己，找到平静。毕竟，从来不在影音声色或游戏中度日的自己，怎么看都如这世界的异类，唯有自己抱膝，才能自得其得，自适其适。

所以我忧郁的根脉，都在文字里开出玫瑰的花瓣来。我捡拾它们，风干，做成为红瓦青砖，搭建不落的花房，在欲雪天，备好茶酒，斟清清淡淡、温热如昔的几杯，等你。

冬日深深，烧开的水壶鸣鸣，氤氲的烟气像回来的祖先，飘满屋内，而窗外，雪簌簌。我珍惜这样安宁的片刻，面对雪白的人间,交出自己,交出过往,交出欲望。也一个人纯粹而懒散地撸猫,它爱窝于我的脚边,一抱起便呈现嫌弃我的脸色,但内心又渴望着被人爱抚。那双闪着光芒的眼睛,大眼珠圆溜溜,看人看得最清。若听我读书中的字句,它就打个哈欠,去睡了。

说起 2020 年最后一夜,是与陆生朋友在西子湾的寒潮中度过的。零点将至时,我屏住呼吸,像潜入时间的深海当中,等待烟火等待着手机显示屏上年岁的更替。也在想,有多少人曾与我一样站在此刻的位置上,看着钟表指针一格一格跳动,他们是否与我一样也想着种种失去的昨日?

一格一格跳动,水中倒影晃动,过去与此刻在这里,虚假与真实在这里,赞叹与唏嘘在这里。

一格一格跳动,睁眼闭眼间,记忆片段拼接,碎碎,颇似没有什么意义可供讲述的一生。

终于,对岸高雄 85 大厦的花火绽开了,盛大,绚烂,倒映在海上粼粼的波光中,也将岸边一张张青春的面孔映得缤纷,仿若浸着酒意的温柔,近乎一场梦境。

新年就这样到来了。

往事一一如蒲草的种子,在风中降下,散在烟花熄灭后的黑暗中,弥漫着一丝很淡很淡的火药味道,最后终于闻不到了。不必审视,无需追问,如梦似幻的光阴碎成光点消失后,午夜的天色便将世界浸染成无边宇宙。

孩子终将明白,迸射出炽灼花火的烟花中央其实一无所有,而时间却随着花火消逝而过去了。

新年就这样来到了手机屏幕上,从十七八岁到二十七八岁,时间轻薄得就像桌上不费多少力气便可吹掉的尘埃。但现实却在加剧它予我们的重压,而岁月亦未饶过任何人。衰老就此在我的身体上如鬼魅浮现,而我早释然了,对于年纪。就像那一年那个人跟我说"要是你再年轻五岁"时,我只是笑着,没有说什么。

欣然接受每一天的变化,不管好坏,不论得失,我期待并尊重命运的任何安排,或是离散,或是相逢,都尽量保持一颗平和的心,这样的修炼并不容易,但我会努力。

再说说遥远的过去,十五年银河的彼端,多少孤独已与我握手言和,我都一一视之为时间送来的礼物。我们终究学会了体谅,学会了勇敢,停止了漫无边际地寻找。看似已经太迟的时间,其实也来得及爱,只看你是否愿意舍得让雪落下,而成全天地白头。

上一回出版了《人生海海,素履之往》《白马少年,衣襟带花》两部作品,承蒙厚爱,在众人的热忱支持及温暖分享中,"云鲸航"走进了越来越多人的世界里。在冬日,柠檬树不开花的日子里,在海潮声声的耳畔,回想起来,文字之外,是那些鲜活的面孔与日夜所构筑的岛屿,永远地驻扎在温热的海洋里。

而这一次,《烟火温柔,人间雪白》也将抵达你的波心。这是我最不舍的青春三卷,珍藏了自己十五年的创作时光,收录的作品既有十七岁的青果之味,也有后来对须臾人世的聚焦描摹,走遍良辰或歧路,最后也只是为了走入内心。

　　如船行于水上,终有泊岸的尾声,桨收,摇橹停,清水空余波。青春如是。

　　我知道,你珍惜书中疗愈的文字,而我也感恩于你的注视,继续远行,如云入寒山,问雪,寻枝小小的梅。

　　心有诸君,世间的告别都是短暂的。

　　若不开心了,记得找我。

　　可以吗?

　　可以。

　　夜更露浓,安暖保重。

　　明朝顺遂,时晴时晴。

云鲸航
海边,一个旅人

第一辑
一碗人间

一身是月

人生如鹤

谎言之味

面对餐桌

落于鼻尖的味道

从舌尖开始感受爱

一人住，一人食，一人好好活

一身是月

生活在瞬息万变的年代，我欣赏那些不被庸常俗世逼迫而能够从容做自己的人，总觉得他们的内心是装着月亮的，上面有一棵棵桂树，栖息着优雅的灵魂。

见着这些灵魂，如见深巷人家用木桶慢慢蒸煮出的米饭，颗粒饱满雪白，舌尖碰到，香糯又富有弹性。盛上这一碗慢的人间，才知烟火气也可以如此清冽。

偶然从朋友处得到叶嘉莹先生的书籍，一位才德兼备的女子一生都在为古诗词的传承而行路漫漫。活到九十多岁的年纪了，仍在平平仄仄中优雅笃行，一颦一眸都像是秋日下的江河，娴静，安然，又不失广阔。

在这浮躁的时代，守得住清贫跟寂寞的人，太少。大家都谈俗世的意义、功利化的目的，但她却在讲学中，用平缓的清音说：

"很多人问我学诗词有什么用,这的确不像经商炒股,能直接看到结果。钟嵘在《诗品》序言中说,'气之动物,物之感人,故摇荡性情,形诸舞咏。'人心有所感才写诗。"

优雅的人从不与俗世众人苟同,自有方向和节奏,在清欢中寻得有味人间。

曾经觉得一个优雅的人,需具备的条件是:有一张耐看的脸,有优渥的家庭条件,腹有诗书的文化涵养。后来慢慢知道,自己的这种感觉其实说的是类似贵族这样的少数群体,而非真正具有优雅灵魂的人。

无须关注长相,也并非具备一定物质基础,一个人照样可以优雅起来。它会给人一种气息上的感染,使内心被现实搓揉出的层层褶皱得以抚平,在自己的气候中,湿漉漉的人生被轻轻翻晒。

在马路边,看见一个下班归家的清洁女工,戴着耳机,肩上挎着一个帆布包,走路从容。此刻,不见她躬身扫地的身影,也没见着扫帚、簸箕、垃圾车如孩童围立在她身旁。我从远处望见她,若是没有那一身质朴的工作服,从背影判断,估计以为是个女大学生,那长发在风中恣意摇曳,她也不着急,伸手慢慢拂过一缕又一缕,像在梳理现实这匹白马的鬃毛。

同事曾在街头遇见一个站街女,拒绝对方的皮囊生意后,女方也不失态,亦是和颜悦色与同事攀谈,聊起自己日常雅趣,喜欢吟咏诗词，同事有些怀疑，女方便即刻蘸着眼前的夜色，口中轻声细语，道出晏几道的"小山词"："浅酒欲邀谁劝，深情惟有君知。东溪春近好同归。柳垂江上影，梅谢雪中枝。"

在这茫茫人世里，生活是不易的两个字，但不代表优雅只专属于某类群体，谁都有权利追求优雅、呈现优雅。

我也在街头，碰见一群中年人，应是幼时常在一起嬉闹厮混、后来各自居于山南海北的发小，历经沧桑后，又围撮儿坐一起谈笑风生。上一秒聊着天吃着花生举杯邀明月三生，下一秒又沉默了一阵子，之后谁提议唱首《珍惜》，几个男人便丢却苦撑了半辈子的刚硬，柔情似水唱着："珍惜青春梦一场，珍惜相聚的时光，谁能年少不痴狂独自闯荡……"舒缓而真挚的歌声领着他们返回从前。

家附近有座庙宇，日常看管、打理那里的是一对年过六旬的老夫妻。曾有几次路过，我见到夫妻俩在工作，他们用刷子清扫案头和器皿上的灰尘，之后用抹布擦拭一遍，瞬间干干净净，发出些许光泽。劳作中，他们甚少交谈，两人都目光笃定，动作轻柔，以自己的节奏进行着手里的事情，不被外界打扰。任日色斜去，他们的生命在一种缓慢的劳作中，展示着独特的优雅。

父亲是个不爱说话的农民，平日友人不多。我在家时常常见到他一个人在客厅喝茶。他很讲究，从不直接用热水泡茶，而是通过一件又一件的茶具滤洗，见茶汤成色已佳，再倒入白瓷小杯里，极为细致。屋外种着一棵栀子树,盛夏时白花开得硕大,花香飘进来,跟父亲爱喝的武夷山岩茶香味混在一起,香气氤氲满屋。父亲曾想教我品茶,我年少无耐心,喝完全无感觉,还觉得苦。父亲说,好茶总是苦后能回甘,每一口茶的滋味都需要慢慢体会,不要用喝白开水的方式对待它。

离开家的这些年,一个人面对茶汤,总会想起父亲在家喝茶的情景。他的背影虽然孤独,但有一种洒脱的意趣,仿佛坐于清风明月间听松涛拂动,淡泊,闲适,有着贫苦处境下谁也无法夺走的优雅。

这是一个容易失去自我姿态的时代,在一种讲究时效、快节奏、量化的环境里,我们活得越来越粗糙,过得越来越草率。在办公室里赶一份材料,刚坐下敲一会儿字就冷不丁摔键盘;在人流量超大的高峰时段挤公交,一边排队一边把世界骂个不停;接受部门安排,到多个地方出差,步履匆匆,在一个又一个深夜的机场兜转,顾影自怜;为了一个期许的明天,通宵准备一场又一场的考试,眼内压不断升高,再熬一秒整个人就倒下了。冷暖空气轮番拉锯,生活曲曲折折起起伏伏,如同一条高速,谁都在开着车疾驰而过,风尘四起。

太少人能从现实的水池中浮出面颊,优雅地抬起头,看看天空,看看世界。于是,鸟群寂寞了,晚霞寂寞了,月亮寂寞了,星星寂寞了。生命中很多重要的东西，无意间都被我们弄丢了。

我喜欢观摩身边普通人的一言一行，有时正好见到他们平凡中优雅的一面，如同望到一条终日苍白的大河中突现的船只，带给我惊喜。那个在高楼上练习美声的奶奶，神情专注而投入，把阳台当作舞台，把这天地当成观众；那个在地铁上安静看《生命不能承受之轻》的男青年，眉目紧跟书页而动，与所有低头沉迷手机的乘客都不一样；那个在旅行途中吃水果的中年女人，将小小的一枚果核轻轻放入纸上，认真包好并带走……优雅离任何人都不远，多数平凡人也都有优雅的一面。日常中的他们，或者像沙砾，或者如野花，乍一看非常普通，但细细一瞅，每个人身上都有一个高贵的世界。

日复一日的操劳与奔波、一行接一行的泪水与汗水、不断交替的离合与悲喜，都使人忘却初心、丧失姿态，跪倒在生活的长路上，匍匐向前，像尘土一样卑微。慢下来，发现那些藏在俗世中的优雅灵魂，是对他人的一种欣赏，也是对自己的一种提醒。

当优雅进入我们的日常，乏善可陈的生活也有了好看的姿态，不再机械、苍白。它会逐渐变得丰盈、充满光亮，美好如昨夜你我忘记抬头去看的月亮，照得我们一身清辉。

人生如鹤

一直以来都不怕被人取笑的一个习惯：做事情总是格外的慢。

周末请朋友来家中吃饭，我都会花时间反复淘米，认真筛掉掺杂其中的沙尘和那些残损或色泽不好的米粒。当清水洗出白米晶莹剔透的模样，我心里格外开心。择菜时，我也极其专注，去掉不规整的头尾及有虫洞或蔫巴的部分，然后再在砧板上将菜摆齐，一刀一刀切下去，缓慢但有力，喜欢看果蔬最后被自己捣弄得干干净净、片块均匀，还未下锅仿佛就已见到它们出锅后倒入盘中鲜脆可口的品相。

朋友等得着急，但闻着上桌后香气满屋的一蔬一饭，见着盘中缤纷的小小人间，也就原谅我的缓慢。但原谅并不代表他们足够理解。

"以后我们可以直接下馆子，他们上菜很快，虽然不如你做得这般好,但你这样很辛苦。饭菜合口就行,做那么精致有什么意义呢?"有性格直率的朋友问。

"我想欣赏它们被吃掉前的样子。"我回答。

朋友耸了耸肩,说:"好吧,你自己高兴就行。"

我看着他,微笑着。

曾经我也这样,问自己究竟要过怎样的人生,做哪些事情才会有意义?没有答案。只是跟随众人东西南北奔波,毫无章法前进,被要求抓紧时间做些世俗所定义的大事。后来自己也长大了,经历种种青春的迷茫动荡后,越来越想拥有一种自己的力气和节奏,在生活艳丽喧哗的表层挖掘通道,连接心中的领地,不去计较意义所在。

从小爱看奶奶唱戏,"冒昧前来悔已迟,眼中只见黑云驰,心头顿觉如冷冰,恨不相逢未嫁时……"广播里念白一起,她便学着戏台上的佳人轻拎衣袖,三步一回眸,咿咿呀呀唱道,早已不娇嫩的声腔也还能拖曳袅袅清羽余韵。作为已入花甲的农妇,晨起理荒秽,戴月荷锄归之后竟有闲暇念唱戏中之言,谁来问她意义?只不过是一种生活情趣,活在坚硬世间的温柔方式。岁月迟暮,余生渐短,意义无非只为自己开心。闽剧《梅玉配·楼会》念白又起:"同是读书正妙龄,一何轻薄一何诚,狂风暴雨虽相迫,入槛名花我笑迎……"老人又在我的记忆中绵柔吟唱。

夏季常逢着雷雨天，大雨突然降下，势如破竹。我坐在家门口看雨，它们在屋瓦上、篷布上跳着踢踏舞，嗒嗒嗒，又像是豆子一瞬间都被打翻，洒落下来。在风里，雨忽大忽小，迅猛中又伴着一阵舒缓间隙。从这白蒙蒙的大雨幕布中，走来一个头戴斗笠的农人，是归家的叔父。斗笠挡不住瓢泼的雨水，他全身都被淋湿了，但纹路纵深的面颊上竟浮着浅笑，边笑边唱着乡间野调，苍老的声线中还留着一束光，瞬间点亮了黑云覆盖下水气森森的大地。

在西大读书的时候，傍晚常从五号门出来，溜到嘉陵江畔。岸边有许多垂钓的中年人，静默如鹤，坐在折叠椅上观望或者打盹，身旁插满众多鱼竿，时光似乎成了大地悠长的鼻息。一个晌午过去，他们或许并未鱼满箩筐，甚至一无所获，有时江边还大风频起，他们也如当初那样站立或静坐。支撑他们的，并不是世俗所追问的关于每个人生来的意义，而是源于自身心底纯粹的喜欢，或是一种繁冗现实外的放空。在一江之畔，垂钓之余，他们用水观照自我，抚慰自我，不受外界干扰，远看如僧、如鹤。

生而为人的意义，在世俗那里有一套标准：为物质，为繁衍，为面子，为利益，为权势……人如蝼蚁在荆棘遍布的大地上寻找、搬运、啃咬这些米粒，又在适应现实种种法则过程中，身体与灵魂日渐被抽空，沦为自闭又空虚的容器。

起早贪黑去赶人满为患的公交、地铁；挤破脑门进入一场接一场的面试；在需要察言观色的职场举步维艰攀爬；在偌大的城市里匆匆往来，却又在街头不断迷失；吹着凛冽寒风，回到出租屋，面对镜子里的自己，只能叹息，红着眼眶说一句："我已经不是你很久了。"

仓央嘉措说："世间事除了生死，哪一件事不是闲事，我独坐须弥山巅，将万里浮云，一眼看开。"

我们曾经如此渴望被这世界厚待，被这世人接纳，为此奔波、追逐，拼尽半生力气，后来才知晓人之无力。人生最曼妙的景致，不过是真实面对自己心底的喜欢，不必索取、追问所谓的意义。

我很喜欢黄庭坚在《品令·茶词》中的一席话："恰如灯下，故人万里，归来对影。口不能言，心下快活自省。"天涯苍茫，总会有与你相识许久的故人，打马而来相见，不问东西，不为目的，只为彼此懂得，风雪疾疾，与你煮酒对酌，庆祝人生无意义。

酒若倒得快，必有丰盈的泡沫涌起，不要质疑它存在的意义，还没喝到酒，就先尝一口泡沫，这是动荡之后的芬芳与温柔。

放下俗事，腾出时间，为自己煮一锅白米清粥，不必急，慢慢熬，看它晕开，在热爱中渐渐沸腾。

择一盘菜，细细切剪败叶残根，再投入锅中，放其味并不浓烈的调料，以自己对生活的掌握出发，一点点让灵魂散发出香气来。

买来螃蟹，蒸好，用勺子专心从壳里掏出粉状的蟹黄，不浪费一点,滴上姜醋,美味可口,过程虽然缓慢,但舌尖满足,内心舒服。

那么多的人盯着别人蛋糕上鲜嫩诱人的樱桃看,费尽心机要咬上一口,若是能在自家院子里栽种,好好等着花开漫天时间结果,也是件多么令人喜悦的事情啊!

撇开世人的偏见,不按照世俗的标准去盘问自身存在的意义。生存是有限的,生活是无限的。究竟要把生活过成何种滋味,始终都由我们自己决定。

从忙碌或紊乱的现实里脱身而出一段日子,意念单纯,去生活的疆域里寻找自己的马匹,不被谁拥挤往前,只拥有一份自主、洒脱,看星空下的雪原、大海上的潮汐。

不要到濒临生命尽头的一刻,才发现自己从来没有好好活过。

人生本就没有那么多意义,你高兴了,天气就很好。

在这茫茫天地间,做一只鹤就很好。

谎言之味

谎言往往被一层精致的糖衣包裹,外观好看得常让人垂涎,掀开的一刻,我们才会品尝到内在真实的味道,甜苦酸辣,任人舒心吟笑或是泪目涟涟。

对待谎言,我自小便懂得浅尝辄止,所以来到世间二十余载,也不因受骗而悲伤难过,看待起伏纠缠的人事亦平和许多。而这般心态,并非天生即有。我自然是庸才,要经过日久锤炼才能走到月光下平静的海边。

我佩服浸于谎言香气里的人,深陷泥沼中,却渐渐将自己熏染出了蔷薇和玉兰的香。他们多半承受,不逃离,自知人心叵测或是明天歧途,还抱有纯真的信念与寄托,像极了高温下不易变形的钨丝。这是一种坚守。

曾有几度，自己亦在享受谎言的侵袭与簇拥，形同身在花海，微风荡漾，人前靓丽地艳着，被人夸着，心中有窃窃的喜。但谎言凋零脱落的一刹那，毕竟是惊心的。昨夜还是美艳娇容，今早已经落花成泥。我坦言，这感觉是疼的。我这般年少，落拓不羁，该有皓月星光与翡翠春日，岂能碰得无边痛楚？细想一番，也便不再恻然谎言的娇媚外衣。

最早尝到谎言的色味，自然与兄弟姐妹分不开。幼时常在一起嬉戏，围绕一棵繁茂古柏展开童心之旅。玩的是橡皮筋、陀螺、沙包一类的小游戏，捉迷藏当然也是少不了的。后来有了街机、台球，祖国的花朵们疯了般挤在那里盛开，场面浩大，像一场虚假的春天。阿哥阿姐亦是其中一员，常常玩得魂不守舍、乐不思蜀，学习自然是落下了。

那时我乖僻，不去三流之地，甚得父母喜爱，零花钱当然比他们俩多拿一些，但自幼便是节俭之人极少花掉一分一钱。兄弟姐妹们的歪点子自然瞄向了尚且天真年少的我。没钱花了，便拿大白兔和一些记不清牌子的果味软糖诱惑我。好弟弟，姐姐和哥哥向你借些小钱花花，小学上完后连本带利还你，行吧？糖不够的话这还有。嘴中塞了蜜，心也就软了，一次一次不断输出，我的钱袋子便掏空了。等他俩小学毕业后，我在秋风中心口都等凉了，他俩本钱没还上不说，问了几次，俩人倒很默契地不再提起。似乎是我那时一厢情愿的奉献。

这是我在人生小道上第一次莫大的受骗。不知被骗时常是尝着心中的甜食,知道时心里自然是凉风灼灼,一片酸涩。

上初一那会儿,脾性还如孩童,整天跑到小商铺买些零食看些新奇事物。记得有一年,玩集集乐是件很带劲儿的事。集到完整的一些卡片就能抱大奖,大到台式电脑、滑板车,小到四驱车、乒乓球,孩提时对憧憬一词的感悟大抵由此开始。有了目标物,便一心开始奋斗。整日没昼没夜地念想,做梦,行动,终于在一个夏末的傍晚集齐了兑换滑板车的卡片。心如蝉鸣般聒噪,热腾腾的,急冲冲跑向商铺去兑奖,没想到被泼了盆冷水。

老板是个大腹便便的中年男人,光头,嘴巴油滑,眼珠子一转,说,先把卡给我,过两天你再来瞅瞅。那时心想跑得了和尚又跑不了庙,便交了卡倒也欣然地回家。两日过后,冷水被泼了更多,老板顾着生意没怎么搭理我,只说,再过两日来。再来时,老板倒变得和气,塞我大包小包饼干、薯条、糖果,有奶油、可可、橙子等口味。我自然不解,男人发话了,小兄弟,厂里说活动已经过期,滑板车是要不回了。胸口点点焰火彻底被浇灭。

这是哀愁的等待。后来知道自己是受骗了,那商铺男人家的孩子脚下有了一辆很潮的滑板车,每日都在路上玩得很欢。我好难过,本该自己拥有的事物在一场谎言之后竟成了别人的玩物。那个夏天是沉闷的,像一口发烫的炉子。雷雨下过几场,我的内心又是一股酸味。

尝到苦味的谎言,是在高三。记得已是入秋时节,洋槐树的叶子有些翻卷,颤颤栗栗地站在黝黑枝头,不时就落下几片。自己整日清早抱着一沓书到乔木下高声诵读,晚上则用仅剩的一点空闲对着满天星斗畅叙幽情。有时竟也沉默下来,纯粹看着飞蛾撞墙,撞了一遍,不够,又撞一遍,一日便这么过去。

到了周五,我总想起搪瓷碗的蜂蜜、桂花糕、糯米团子和总爱说些奇趣妙文的祖母,一个劲儿地想回家,拨了一通电话,是父亲接的。他用家长的一贯语气说,家中之事不必牵挂,自己在省城好好用功,就剩这大半年,熬过就能看见天了。我问,阿嬷好吗?父亲干咳一声,接道,挺好的,而后又咳了一声。电话那头起风了,绯红花叶,一大片大片簌簌落地,窗子在抖动。这是那年的最后一场台风。父亲说完保重便挂了电话。男人与女人对其儿女表达爱的方式果真不同,带着坚毅、果决与沉默。

台风过后,祖母没有熬过她的七十二岁,跟了祖母大半辈子的脑血栓终究没能饶了她。这是宿命,亦同花草开败,鸟禽生死,是自然始终如一的秩序。寒假回家时,自己才明白一切。父亲说,为使你安心考试,你阿嬷临走时交代,这事不必与你言说。改天再带你到她老人家坟上祭拜。我自然是万分心痛,喃喃抱怨父母一番后也只剩下哭了。

一些人事毕竟已经成风,飘散了就不必深究,大人们多半不是念旧的人。那年春节,喜庆的大红色背后是无限的孤寂与怀念,常常一个人对着祖母用过的那些青瓷小碗沉默到流泪,液体滴到嘴里是咸的,咽入心里是苦的。这也是谎言的别样滋味。

多半谎言自然让人心怀怅然寡意,如花年少,要经历这小小的起伏方能较好地成长。但一些谎言也像树树木棉,亦有清甜娇红之色味,暖着你的心胸,粘着一股甜味。

一日,友人约我看电影,是我爱看的武打,黄飞鸿、方世玉、叶问传奇那类。我随口答应了一句,而后这事竟被忙碌的学业冲淡,很快就忘记了。那日是雨天,学校因布置省检考场难得放了我们一天清闲。豆粒大的液体砸在屋檐上,然后簌簌落下,像我们长久积累的夏日闷气,一时间痛快消释。友人发短信来,去看电影吧。我回道,现在下雨不想出门。友人说,不是约好了?我愣了,什么时候的事?我忘了。友人发来一张笑脸,后面打着一行字,能来就来吧。事后我提及此事,友人笑笑,说自己那天也没去。这使我心安。

某日在食堂,听一对情侣聊到那次雨天去看电影的经历,女生说,刚买的新裙子被沿途疾驰的车子打上了一团黑垢,高跟鞋穿到半路竟然断了。她说自己太囧了,害得男朋友和她一起受难。短吁长叹之后,她又说起我的友人,说他那日在影院门口站了许久,像一匹寂寞的骆驼。我听了,心一颤一颤的,泪腺委实变得澎湃激越。想想,这等朋友茫茫世间还会有多少,自己竟然会遇到,真是有幸。那天的风一直都是暖的。这样的谎言自然是甜的。

道旁森森花草,经历的时节不同,开出的香气也是有区别的。谎言其实亦是这般,但不变的是你的路过,用年少的心绪与情怀,进行味道的识别与铭记。

坚固,忍耐,冷静,泰然,这是谎言教会你的成长,亦是一种馈赠。

为了让尚且纤细的神经去熟稔这个世界所要进行的步骤,为了让瘦弱的体腔有资本去品尝未来更加迷离的谎言之味,我们还要慢慢修炼,慢慢在光阴中把人事看成一块平静的湖面。

面对餐桌

我喜欢站在快餐店门口看新推出的菜品海报。

新鲜的食材,浓郁的汤汁,艳丽的色彩,在经过柔光处理的镜头中显得非常动人。常常控制不住自己,一个人跑进店内尝鲜,不管里头人多人少,都淡定坐下,心里只装着想吃的食物,没有江湖,也无世界。

一人食,是我平日吃饭的常态。享受的是能对食物确切把握、随心所欲的感觉,不迁就、不伪饰,自在、满足,拥有一个人生活专属的快乐。

坐在光线明亮的餐厅里,欣赏着刚端上餐桌的菜肴或者转盘上溜过去的果蔬,它们像极了与这世界初相见的婴孩,展示着身上腾腾的热气或鲜嫩的肌理。注视着它们,人会丢去烦恼,一天当中再糟糕的情绪也顿时不见踪影。食物治愈着易生病的灵魂。

曾经，在较长一段时间内，吃饭对我来说，是一件公开的事情。在家中，父母兄弟围坐在一张饭桌前，吃着青菜豆腐、鸡鸭鱼肉，也聊着家长里短、俗世人生，它们像一种特殊的调味料洒在食物上，泯于我们唇齿间。家庭氛围若是温馨，这调料便很对胃，若是压抑，恐怕就会反胃不适，让人只扒几口饭就匆忙离席，一刻也不愿多待，就如日本作家太宰治在小说《人间失格》中展现的一样："我坐在那幽暗房间的餐桌末端，因恐惧而寒战连连，把饭食一点点强压进口中，闷想着：'人为何一天非吃三餐不可？'每个人吃饭时都表情严肃，用餐俨然如某种仪式：一家人须得每日三次，准时聚集到一间幽暗的屋中。餐盘的顺序要摆放正确，即使并不饿，也须沉默着低头咀嚼饭食。以至于我曾以为，这是在向家中蠢蠢欲动的亡灵们祈祷。"这样的用餐时刻无望而感伤，消解了食物本身带给人的美好力量。

上高中后，我开始寄宿在学校里。每次吃饭时，都感觉自己像一条鱼要游进食物的海洋里。食堂里菜品众多，我从窗口打完饭菜，坐在偌大的餐厅里，发现周围同学都是成双成对吃饭聊天，而我一个人是如此的奇怪，如此的孤单。我想融入人群里，破解孤独带来的恐慌。

那时经常陪我吃饭的是 Z，我们因为高一进来分在一个宿舍而相识，脾性相近，兴趣也相投，便结为死党，天天一起吃饭。后来,文理分班,我跟Z不在一个班上,但约好谁先下课谁就到食堂给对方占座。

有一次,我率先甩开众人跑进食堂,兴奋极了,占了靠窗的位子,等Z到来。但过了好久,人潮退去一波又一波,我都没瞧见Z。我临窗坐着,发呆,深秋的风吹进来,在我身上逗留,我感到冷。那是我第一次意识到一种更深的孤独,是源于朋友的缺席,毕竟在很长一段时间里,他的陪伴已成了我的习惯。随后,Z来了,带了一瓶可乐给我,向我致歉,但那顿饭我怎么吃都不快乐了。

饭后,我跟Z都会在操场上散步一会儿。Z常常会指着围墙外的一栋豪华大饭店大声嚷嚷:"高考结束后,我们一定要去那里吃一顿,不管多贵,我都请你吃!"我听着,胃里一阵温暖。

现在,我独自面对餐桌,才知道那天自己的难受,也算是对高中毕业后朋友间的不舍、不习惯做了一定程度的心理准备。转眼间,我们都如风中芦花飘散于天涯海角,少年时的鲜衣怒马、灼灼芳华都已黯然消逝,太多誓言只是当年一瞬青春勇。

在人生的宴席上,身旁的座位不会永远固定坐着谁,昨天是他,今天是她,明天或许落空,一个人也没来。人世太不确定,我们要习惯这样的生活。

在大学时代,我身旁朋友不多,且我们每个人都开始有自己的世界。我不再跟人约饭,吃饭成了一件私人的事情,我也逐渐感受到一人食的乐趣。可以任意选择想去的店，点自己喜欢的菜品，不必考虑对方口味，也不用怕冷场需时时找话题，不在意世界，只讨好自己。

刚刚开始适应一人食不是件容易的事情，我在饭店里见过许多食客，他们吃相并不好看。有和父母大吵一架后跑出门的孩子，有恋情刚刚终结的年轻女孩，也有创业失败与一伙兄弟分道扬镳的男人。他们面对餐桌，沉默、叹息或者垂泪，尝的每一口都不是食物，而是煎熬、抱怨、难过、懊悔。

有一回，我在一家日料店独坐一隅，挤着柠檬切片，正准备往秋刀鱼上洒上一层汁液，突然看到邻桌来了个姑娘。她点了一盘生鱼片，估计是头一回吃，表情复杂，脸庞像是不断被搓揉的面团子。我见她半天也没开动，便也要了盘生鱼片，故意在她跟前吃得津津有味，大声咀嚼起来。虽有些失态，但见她往我这瞧了几眼后，也开始动起筷子吃着，我就很开心。

她夹住生鱼片往芥末里一蘸，便即刻把筷子方向转到嘴边，一闭眼，生鱼片被吞了进去，她又突然睁开眼，脸上绽放出笑容，眼里闪出光来，她成功了。之后，她朝我这头会心一笑。孤独的人相处起来常是这样，互不打扰，却都彼此懂得。

许多时候，我们都怕自己孤零零的样子被人看到，然后被问一句："你这样会不会很孤单，身旁为什么都没朋友？"看似嘘寒问暖的话语背后，却藏着别人心底的嘲笑与窃喜。而我们不需要理会这些声音，我们要敢于孤独，面对孤独，好好享受一个人可以把握的世界。

蒋勋先生谈及孤独，有段话，我印象深刻："孤独是生命圆满的开始。没有与自己独处的经验，不会懂得和别人相处。"那些众人相处得其乐融融的热闹表象底下，不见得都对彼此有较深的认识，或许多数只是逢场作戏，害怕自己陷入被孤立的境地。面对他人与世界的前提，是先坦诚面对自我。

与其互为星辰环绕彼此，不如先自成人间潇洒点活着，一个人吃饭、睡觉、学习、工作、旅游、购物也挺好。烫着苕皮、毛肚，撸着街边串串，暑热时节下盘凉拌黄瓜，寒冬腊月喝一碗莲藕排骨汤，不拘泥于他人，不被俗世束缚，只让眼前世界属于自己跟胃。

我们曾经热衷于跟人分享人生餐桌上的一蔬一饭，渴望得到他人的注目与陪伴。现在独坐在命运的屋檐下，自饮昨夜的雨、晚来的雪、过路的风，胃在热汤下肚后暖得像只慵懒的猫，满足于这孤独的恩赐。

无须向谁举杯，也不必等待对面不可知的叩问，一人食，从容做自己，尝尽人间百味，留下生猛岁月中舌苔最难以忘记的那一种原汁原味。

落于鼻尖的味道

在中国传统的早餐中,多数人常吃的无非是豆浆、油条、鸡蛋、葱花饼、豆腐脑或一些面食,但我钟爱包子。

当看到一个个冒着烟气、粉白粉白的小家伙从蒸板上像坐滑滑梯似落下来的时候,我的舌尖就开始按捺不住往外伸展,腹中的馋虫更是叫得凶,亟待喂食。

包子价格便宜,口味众多,全国各地做法又有不同,不管是天津的狗不理、上海的灌汤包,还是杭州的小笼包、广东的叉烧包,从南往北,小小的包子里尽是美好的滋味,也藏着岁月沉淀下来的文化和一段段故事。

来到台湾后,我早上基本是在学校里面的麦当劳度过的,汉堡、鸡块、玉米汤,天天早上这三样,吃得要吐了。我在台湾第一次吃到包子是在花莲的公正街。

公正街的包子店位于花莲城中，已有三十年的历史，是众多花莲人都知道的当地美食小吃，二十四小时营业，兜售的都是手工捏制、现包现蒸、新鲜美味、圆圆胖胖的小笼包及蒸饺，皮白且嫩，其馅肉汁饱满、Q度十足，再搭自家调配的秘制蘸酱，一咬，口齿间便溢满香气，味蕾瞬间得到满足。

那天，天色微亮，我便叫醒下铺的L起身洗漱。民宿老板提醒我们，天气预报说今天花莲有雨，你们到海边应该看不到日出。

青春时谁不倔强呢？非得亲身经历过才能死心，即便有弯路也是必须要走的，绕不过。

我们抱着试试看的心态骑着单车出门了。花莲地势平坦，靠近海洋的缘故，风中常吹来咸湿的气息，闻着，仿佛内心也放进了一片海。我不由想起东明相在《练习曲》中说的话："有些事现在不做，一辈子也不会做了。"

我们在大路上飞驰着，风里飘起花衬衫，像年轻不败的彩旗。L突然刹车，对我喊道："快看右边，是公正街的包子铺！"我不知道他兴奋的缘由，只淡淡说一句："哦，包子嘛，等会儿回来吃。"L一边撂下自行车，一边对我说："你不知道，这家包子铺特别出名，来花莲不吃他家的包子或蒸饺，就跟没来一样。平常队伍排得都跟贪食蛇的S形似的，今天我们起得早，没什么人……"他话没说完，就兴奋地跑到铺子里去买了。

　　远远便看到店门前炉火正旺，一笼一笼的包子叠罗汉似地在锅上蒸着，呼呼不断冒着热气，店员都穿着统一的工作服，戴着口罩，认真做着自己的事情。客人们大都按耐不住，不论是站着，还是坐着，目光一直盯着灶上，炉火越烧越旺，口齿间的唾液开始滋生。

　　当包子出笼，喷香的热气盈满店里，每个人都用眼睛在喊着"快到我碗里"。凡事都有先后顺序，早来的便吃上了，咬上热腾腾的一口，发甜的包子皮，流汁的馅，都舍不得下咽似的要在嘴里细细咀嚼，任香味在口腔中徘徊。一旁还没有吃到的便先拿着筷子蘸着桌子上的豆瓣酱、辣椒酱吃，却惊讶于店中蘸料也甚为好吃，便蘸了又蘸。

　　不一会儿，L就提着一袋小笼包蹦哒哒地跑过来了，"走吧，去海边。"

　　于是我们又骑上单车奔向海边。在海边吃包子，这是我人生中的第一次。

　　海会不会沾染上这俗世的味道，我有点担心。

　　年纪尚小的时候，我十分嗜睡，往往一睁开眼就快到上自习的时间。父母起来早，给我买来了街上的包子。

　　南方镇上的包子，粉嫩，个头大，即便不是灌汤包，酱汁也很多，较甜，肉呢，切得并不细碎，都很大块，很有嚼头。那时家里不富裕，父母生活都很节俭，他们总是买回肉包给我吃，怕不够，总要多买一个。而他们自己多半只是吃馒头或菜包，我心里是难受的。

有次我故意嫌肉包太油腻，不吃，偏吃父母手里的馒头。我妈劝我，无果。我爸就说："好啦，好啦，给你吃。"我吃完馒头诡计得逞似地跑去上课了。

晚上我在做作业，我妈突然进来，把一个盘子轻轻撂在我的书桌边上，我一看，是那两个肉包。

"怕你饿，又蒸了一下包子，趁热吃吧，别学太晚。"

我妈说完，没等我说什么，就走了。我的鼻子酸酸的。

一整个夜晚都湿答答的，好像在梦里都哭了。

去东北上学的时候，也吃过那里的包子。或许是食堂在应付学生，做的早餐不尽人意。包子粉很多，但馅很少，里面的菜好像是用没吃完剩下的白菜做的，有隔夜的味道，盐也放得咸，得配着豆浆或牛奶才能下咽，实在没有给我留下一个好印象。

那时刚来北方，知心朋友较少，N算是一个。她单纯善良，身上除了东北女生特有的大大咧咧外，也很细心。我们每天都会很早起来背英语单词，背完之后就去吃早餐。她见我每次都在吐槽食堂的包子难吃，似乎注意到了什么。有天早上她没来，我一个人在英语角背书。过了一会儿,她跑过来了,直接扔个袋子过来,里面装了两三个小包子。

"看你老是说食堂包子不咋样,我就给你买了南方的包子,你尝尝吧。"她说着。

"哪里买的?不会是鱼水情公寓那家杭州小笼包吧,你干吗跑那么远啊!?"我带着复杂的情绪问她。

她点点头,笑着,嘴角泛起好看的酒窝。

我一咬下,是南方的味道,却不是故乡的味道,但心头却起了一阵暖风。

跟 L 到海边时,眼前还是雾蒙蒙一片。我看了看手机上的时间,已经六点了。太阳或许早已升起,只是被密密的云层挡住了,我们看不见。

环岛车道上人影稀少,浪涛拍击着礁石,世界泡在深色的滤镜里。这一切都跟我内心的处境十分相像。因为台北交换学习一结束,自己就要回去面对毕业之后的两条路——升学或者工作,而我现在仍旧没想清楚,不知该如何选择。

我很失落,也很茫然,拎着车子左顾右盼,踟蹰不前,很想掉头回去。

L 看出我心思,一把抓住我,"别放弃嘛,既然都来了,就下去看看海,即便没有日出,我们还可以在下面吃包子!"他笑着,把我拉下岸堤。我们开始坐在一块被海浪冲刷得十分光滑的岩石上吃包子。

嘴巴轻轻一咬,面粉甜甜的,汁也甜甜的,肉馅连结在一起,吃起来并不油腻,口感清爽,心情顿时也明亮起来。

L这时突然拍了一下我的肩膀,激动地指着远处的大海,说:"看,太阳出来了!"

我一擦眼睛,望向前方,只见一轮新日从云层中探出头来,一点一点变得明亮清晰,橘红色的圆盘,一点也不刺眼。而海面上也开始有了粼粼的波光,像一簇一簇在水上燃烧的火焰,接着,这火越烧越旺,不一会儿,整片海便像撒满了金色的彩纸,又仿佛是一条看不见头和尾的大鱼在抖动着金灿灿的鳞片,如此开阔、壮丽,让人瞠目结舌。

"其实,我也和你一样,面对未来不知何去何从,但我享受此刻,不关心太过久远的事情。人活着,本来就充满变数,为什么要考虑那么多,让自己难受呢?笑一笑吧,你看这风景多美,还有这包子……多好吃!哈哈……"

L对我说完,笑着咬了一口包子下去,脸上美滋滋的。

那种很简单很满足的幸福,我突然觉得自己已经好久没拥有过了,像我遗失的一张脸。

同样作为来台湾交换学习的大陆学生，同样要面临毕业这样的处境，L却让自己的心和此刻绚烂的风景融到了一起，而我，为什么要压抑、要痛苦？

面对海，仿佛就面对着自己的恋人，此刻阳光遍布它的身体，它在给予我一种力量。

"成群的鲸鱼跃出水面，头戴莲花，夏天，它们银色的鳍潮湿而光滑，天使从我们透明的身体里穿过去。"

每次吃饭时，脑海里总会浮现出《舌尖上的中国》里的一句解说语："总有一种味道，以其独有的方式，每天三次，在舌尖上提醒着我们，认清明天的去向，不忘昨日的来处。"

我们在世间行走，生命的滋味就是每时每刻对世界的体会，就是对食物、旅行、文化、生活的品味，我们要慢慢欣赏、细细咀嚼，然后去感悟，去思考，去沉淀，去消化，渐渐成熟，并化为人生难得的经验去与人雀跃分享。我们的记忆是在这些美好的情味中得以不断延续的。

任何一段饮食体验都是我们路过这世界的印记。任凭时空如何流转，在味觉的边境上，只要记忆的闸门一开，那些过去的时光都会缓缓转过身来。

包子虽是寻常早餐，但我每次咬下的瞬间，那些深藏于成长岁月中的爱却都溢了出来，进入心田，成为永久的春天。

从舌尖开始感受爱

我虽然喜欢独处,但偶尔也会约上要好的朋友一起吃饭。

我们在菜馆必点的一道菜是鱼香茄饼,油炸得分外酥脆的面粉外皮包裹着斜切成片的茄子,咬到的一刻,感觉一切都变得无比美好,这是美食特有的治愈功能。

好吃的菜,多半做起来费劲,比如鱼香茄饼。先是将绞好的猪肉与盐、太白粉拌匀,然后面粉调成厚糊,茄子斜切成两厘米的厚片,中间再切一刀但不要切断,要成夹状,茄夹中填入适当的绞肉。之后把油烧热,茄夹沾裹面糊入热油,炸至金黄色之后盛盘。最后将葱花、姜末、蒜末、辣豆瓣酱、高汤、酱油、醋、糖、盐、胡椒粉、味精、太白粉水调匀,炒锅加入四大匙油烧热,倒入刚调匀的料爆炒均匀,淋在茄饼上。

因为过程较为复杂,很多饭店都没将它写在菜单上。我跟 D 在学校周围寻找了很多家菜馆才最终尝到。但美味也不恒定,不仅跟所取调料分量多少有关,更多时候是跟掌勺师傅的心情息息相关。

一次,我们等待许久,老板端着鱼香茄饼上桌了。D比我着急多了,拿起筷子即刻夹了一片尝起来,刚咬一口,便说:"觉得今天的这道菜跟前两天吃的味道不太一样。"

我也夹起一片放进嘴里,"是不是面粉有些厚了,醋放得多了点?"

D摇了摇头,说:"这些都不是重点,重点是今天的厨师缺了点爱。一个人是否带着爱做事情,是很容易让周围的人感觉到的。"

我听着D说的这句话,第一时间想到我妈。一个把青春献给柴米油盐、锅碗瓢盆的女人,整天为了丈夫孩子的三餐在菜市场和厨房间兜转,把自己世界的疆域圈得极为狭小。

餐桌上的一粥一菜都体现着她内心的世界。快乐时,做菜是带着幸福感的,色香味俱全;悲伤时,菜肴里撒的都是她的怨气、无所谓的态度,偏咸偏辣,或清汤寡水食之无味,顿觉食材都被辜负了。

从小到大,我在饭桌上尝到了食物的酸甜苦辣,也尝到了一个女人的半生滋味。多少次我看着父母之间的"战争"就爆发在这里,女人的碎碎叨叨,男人的摔碗掀桌,然后二人愤然离席。人散了,菜凉了,我一个人往嘴里扒着饭,没吃几口,眼泪就下来了,觉得生活的宴席是苦涩的。

往后的菜,我妈愈发无心去做,盘里盛放的是不甘,是恨意,一道道菜像一张张怨妇的脸。她心里不再有爱这一种调味剂轻易撒出。

我怀念母亲年轻时经常做的青椒胡萝卜炒猪肝,也是道需付出耐心才能完成的菜肴。先用清水加几滴白醋把猪肝泡两个小时,然后切薄片,加生抽、料酒、淀粉拌匀,然后再将青椒、胡萝卜切片,葱、姜、蒜切末。锅中油热后,放入葱、姜、蒜炒香,接着放入猪肝急火翻炒约五六分钟,盛出备用。而后锅中重新放油,放入青椒、胡萝卜炒,最后再将之前的猪肝放入,翻炒两三分钟,加盐调味。

过程略显烦琐,但把菜置入盘中的那一刻,母亲脸上绽放的笑容,也像是一味调料,撒在了食物上,无比美味。

那时我们一家深陷在贫穷里,但因为母亲对家人、对生活、对未来的热爱,再难咽的食材也能被她去除苦味、腥味,做成餐桌上一顿顿宽慰灵魂的美食。

在宝岛交换学习时认识了J,她从台大金融专业毕业后,去了一家世界500强的企业工作,周围人都非常羡慕。工作的两年里,她在忙碌之余,总会捡起自己从小就喜欢的手绘爱好。她擅长画建筑和花草。

在我回到内地后,有一天她突然打来一通语音电话,说她辞职了,现在人在开往西宁的火车上,准备去塔尔寺写生。以后要在内地待一段时间,做文创相关的工作。

那天通话并不顺畅,因为距离和地势环境的因素,信号时续时断，但我清楚记得 J 在电话里如同回到学生时代单纯而快乐的声音。她是我见过的众多女生当中非常聪明伶俐、又有理想抱负的一个，所有人都很看好她的未来。没有谁会想到，她突然间就潇洒地离开原来优越的环境，而选择自己内心的道路。

> 在工作的这两年，每天都做着差不多的事情，发现自己身上并没有什么变化，有的话，也只是全身不断感觉到的疲惫和空虚。有一次我对着窗外画画的时候，突然觉得自己不能藏在别人眼中安全舒适的生活里，我要从这封闭的洞中出来，做自己真正喜欢的事情。

J 没有估量此后生活会有多大的风险，周围亲人朋友如何看待自己的目光，也没有被年龄、性别、身份、目前个人仅有的资金绑住手脚，只是因为热爱，听从内心，对过去摆摆手，走到了现在。

父母逐渐老去，他们会愿意孩子生活在俗世的标准里，至于我们内心真正在燃烧的梦想，他们无法感同身受。随着年岁的增长，每个人都应该活得更加清醒，自己要走一条什么样的路，已经不是别人所能左右的了。

二十五岁以后，我们要为自己做的决定越来越多，而做出这些决定的依据已不是你预估的收益、获得的权力，而是心中的热爱，对人生意义的追寻。缺了这些，你就像终日待在厨房里抱有诸多怨言的女人，做出的饭菜早已索然无味。

二十五岁的我，离开学生时代，进入了职场，虽然还身处在校园里，但站在讲台上的我已经不再拥有跟底下学生一样轻松的时光。每天备课上课，应对顽劣的学生，开会，做部门安排的其他事务，有时甚至周末也都在忙碌，觉得日子都是带着壳的，从清晨睁开眼，我就要背着这层壳到深夜。就这样，我熬过了自己的二十五岁、二十六岁。

之后，我的薪水加了，职称也往上评了，领导跟我谈了几次话，说要重用我，希望我能继续在岗位上发光发热。不久后，我就发烧了，在医院里躺了两天，出来的时候，阳光极其晃眼，我抬起疲惫的手臂遮挡。眼前人潮涌动，我站在医院门口，木讷地瞧着这个世界，觉得自己真像一缕轻飘飘的鬼魂，不免苦笑了一下。

路过财富广场的一家书店，看见昔日朋友出版了自己人生的第一本书，曾几何时还在我跟前抱怨出书艰难的他，这下却已经有了一本足以摆在畅销展台上的作品。而我呢，在这工作的一两年里，几乎没写过一篇像样的文章，与读者的距离愈发遥远起来。当我想到日子就这样绵延下去的时候，感到了害怕。我久久没有离开，捧着朋友的书，狠狠咬了一下嘴皮。

那天晚上，我内心翻江倒海，关了电脑跟手机，也把各种工作材料锁进抽屉里。一个人早早躺在床上对着天花板看了很长时间，之后又把自己以前出的书拿出来，凝视着封面上自己的名字，难过地哭了。

想起曾经看过的一部电影《穿普拉达的女王》，女主 Andy 在事业如日中天时选择辞职，她走出杂志社大楼的时候，笑得非常灿烂。即便在街头遇见以前总在摧残自己的领导 Miranda 时，她也从容微笑向对方打着招呼。当时自己并不明白她的做法，现在却能感同身受了。我从桌上取来日历，找到后面的一个日期，在旁边写下两个字："辞职。"

人生永远都不只有一种活法，很多人之所以过得无趣，是因为他并没有过上靠近自己理想而快乐的生活。放久的果蔬，不新鲜了，将就；遇到的人，错了，将就；找的工作，让人身心俱疲了，将就。时间一长，一个人就容易耗尽对这世间的爱，可支撑我们向着不确定的未来勇敢奔去的都是这些爱啊，一旦丧失，便很难再建立起来。

回到厨房，回到餐桌，在生活的杯盘中重新盛满热爱。

寻回理想，寻回初心，在人生的纸页上继续写下热爱。

世间所有的美好都源于热爱，它是不熄的火焰，是不竭的泉涌，抵抗着生命中所有的艰辛、疲乏与失望，使我们每个人都能活出独特的自己，并把身上的力量带给四周的人。

此刻，如果你还痛恨着自己所处的黑暗，那么就请成为你所热爱的光，慢慢照亮这个世界。

一人住，一人食，一人好好活

二十五岁那年，我研究生毕业，在一所大学教书。

重庆有些时日雾气弥漫，房间容易受潮。我在公寓里打开许久未翻的抽屉，会看到霉斑遍布的物件，像中年女人的脸。房间不大，但我一到工作日，就经常随心所欲堆放物品，空间就显得更加狭小。我感觉自己是住在盒子里的人。

楼下是篮球场，独自站在阳台上晾衣服的时候，会看到上衣被汗水浇透的学生围在一起，打球，嬉闹。我心里羡慕他们，但回头想想，每个人都有属于自己的生活方式，一个人生活也挺好。

上大学时，没有太多与人交集的记忆，基本都是一个人活动，这漫长的四年是怎么熬过来的，有时想到，觉得特别佩服自己。

那时刚来异乡，夏日暑气还未消退，知了仍在树上叫嚣，城市里都是自己不认识的路牌，曲曲折折的马路，还有大汗淋漓的行人，说着很好听但我始终听不太懂的方言。所有人都像在热锅上爬行的蚂蚁，而我也是其中一只，提着两包沉沉的行李，在这座离家需要两小时飞行航程的城市里跌跌撞撞，寻找着下一站收容自己的地方。

身处陌生的环境中，人常常会变得恐慌，无法安下心来思考未来的方向。所以快速融入群体成为个体寻求安全感的有效方法。

开学没多久，我就强迫自己融入身旁同学的圈子里，一起吃饭，参加社团，上网聊天，天真地觉得在这长达四年的大学生涯里挥霍这么一段时间，可以被原谅。

但我始终是一个不善言辞的人，无数次只会像商店橱窗里的塑料模特，长时间尴尬地站在角落里，看别人谈笑风生。

而网络交友在我看来，同样恐怖。大家在网上起初都还单纯、老实，会将自己真实的心情和日常生活中私人细节都毫无顾忌展示给并不熟络的朋友看，但随后，我发现气氛有点不对了。他们中开始有人搞推销，贴"鸡汤文"，晒各种美食、旅行和对象间亲密的举动。你一点击，不仅会耗费一笔流量，还会使自己内心颇感难受。

有次一个姑娘加我后，非常热情地对我说，看了你空间里的照片后，觉得你皮肤有点黄，要注意了，过了二十岁，不管男生还是女生,每个人都需要保养的。我以为她关心我,正想发句谢谢过去。结果她直接敲了句"要面膜么,一贴就白,纯天然草本,效果非常好的"。我无言以对,随后取关了这位姑娘。

周围很快有人形成了各种各样的小团体,而我不属于其中任何一个。我只有一个朋友,它的名字叫"孤独"。我跟自己说,做人最主要的是让自己开心,干吗硬要钻进别人的圈子里,好比两幅截然不同的拼图,拿出任何一枚都无法插进对方的世界里,正所谓"圈子不同,何必强融"。

孤独没有什么不好。在人生漫长的旅途里,每个人多数时间都要自己度过。衰老、病痛、死亡、孤独,都是我们生命历经的常态,我们总要习以为常。

想通了很多问题后,人就会过得异常轻松。

我开始振作起来,不再为身旁没有人陪伴而困恼,一个人试着跑步、吃饭、上课、泡图书馆、进电影院、玩娃娃机、坐地铁到观音桥的书店或去朝天门逛逛。当然,在这个过程中,也有因为内心空虚而产生躁动不安的时候。

坐在深夜回学校的地铁里,手上的书在半途就看完了,面对车厢里乘客们倦怠的脸和窗外漆黑的夜,顿时不知所措;从书店出来,突然天阴,下起大雨,身上却没有带伞,只能傻傻站在大楼底下,看着从屋檐落下的雨滴和一对对从眼前撑伞走过的情侣;去参加一些讲座和分享活动,临行前,发现衣服的扣子掉了,极其笨拙地进行缝补,几次针尖扎到手指,眼睛都红了。

遇到这些的时候,我在想身旁如果有个人在就好了,可以关心自己,帮助自己,让时间过得快一点。我承认,这种臆想是一个人生活时特别容易出现的软肋。我们需要接受现实。

我逐渐习惯一个人面对这些,也开始学着走出自己的小世界,不再耽于这种寂寞而无所适从的情绪。

旅行给我提供了一个出口。

大二那年暑假,去了清迈,住在一座殖民地风格建筑的旅馆里。盛夏炎热,从空调房内出来,整个人像一匹绸布被热气搓揉着,拧出很多水。街道上绿树浓密,旧时宫殿和寺庙都像面目和善的老者看着人来人往而不动声色。

有只孔雀站于不远处的房顶,细长脖颈上,双眼四处观望,有种天真、得意和不屑,有小孩跑去跟它打招呼,它就张开翅膀,飞向远处。

人在异域行走,如同透明的灵魂在万物间飘动,不必考虑怎样说话,不用在乎谁,这让我觉得快乐。

后来去过太平洋中的离岛兰屿,招待我的是一位达悟族大叔。

船靠近港口的时候,他就开着一辆破旧的面包车来接我了。他说自己一年到头很少接待像我这样的单身客人,其他几乎都是组团来玩的朋友或者成双成对的情侣,他问我是不是失恋了。我苦笑着摇了摇头。

兰屿天将破晓时的景色异常壮观,云霞从深沉的墨色转为幽幽发紫,很快变成暗红,随即又渐次明朗鲜红,天色也由暗蓝变成深蓝,再到日出后的浅蓝,无比奇异瑰丽,如梦魇。

我在窗前,目睹这一切。光很快照射过来,面颊渐渐红了,有些烫,但我感到舒服,发现人在某一刻真的能够与自然达到交融的状态。

也曾在丽江古城的四方街深夜兜兜转转,找不到回酒店的路。那时人潮已经离散,店铺大都打烊,只剩下酒吧的摇滚乐在我无法寻觅的方位响起。

我蹲坐在黑夜的角落里,观察这座古城,发现它在褪去商业气息后,显得尤为荒凉。身处其间,仿佛来到深夜无灯的旷野上,有风从肩上拂过,我却不知道它从哪里吹来。一切冷寂,如烟火燃放后满地散落的灰烬。

我并不害怕,反而更清楚自己的存在,内心也不慌张,而是盛满了安宁。

在途中，我开始享受与人交流的过程，不再封闭自我内心，试着伸出手心去触摸这个世界的温度。

一路上，遇见很多人，有在火车上因为丈夫出轨而失声痛哭的女人，有站在村口望着过路人、眼神中透出一种期盼与失望的留守孩童，有在地铁里读玛格丽特·杜拉斯《情人》的年轻男子，有在菜市场里突然忘记自己要买什么回去的白头发老人，有求职不顺用最后一点积蓄来旅行的大学毕业生……我与他们聊天，倾听他们的故事。问题几乎都流于世俗层面：婚姻、爱情、工作、教育、衰老等。碍于阅读、经验有限，我只是聆听，给予安慰的话语或微笑，不做过多阐述。

日常交际中，多数人都愿意将言语深藏于内心，不轻易表达，怕在对方眼中显得浅薄，又怕一语不慎，被误判、歪曲。但因为彼此都是短暂相逢的旅人，之间的交往并无目的，所以双方常能坦诚相待，倾倒内心深藏的秘密，为了拥有那么一刻的自由。

所有人都有悲苦，在表面粉饰的浮华下，尽是无人侧目的千疮百孔。了解别人走过的路途，听他们说话，探测人世的深渊，借此明白自己所处的位置。在路上，我们不是去看别人，而是来看自己。

在通常认知中，人是群居动物，但个体的独特性又决定了我们孤独的属性，所以生而为人，真是矛盾。经过成长，我逐渐跟孤独和解，不再觉得它是一种痛苦，反而把它当成自己的朋友。一个人享受孤独的过程，是内心逐步清澈、沉静、自在、安定、干净、清醒的过程。

工作的那些年，我住在学校旁的公寓里，五十多平方米的空间有些小，我经常会通过挪动家居，打扫及整理角落里的物件，使它显得空旷。花开的时节，会去后山折些花枝回来，插在瓶中，用清水养。植物要的东西很少，活得单纯。窗明几净，看得清屋外的四季交替。

早晨从一杯柠檬蜂蜜水开始，配一块糖分较少的面包。一天尽量吃少些，多是简单清淡的素食，感觉身体略微饱足就可以，这样人就显得轻盈，不笨拙。

在温度适宜的夜晚出去慢跑，瞥见月光下盛开的海棠，无香，却美。回到宿舍洗完澡，拿出文友从远方捎来的玫瑰花饼，不急着吃，只闻一闻，便感到满足。之后备课，睡前再翻几页书。生命中没有什么事值得我们迫切去做，所有迫切的事都已过去。

也曾想过自己年老后的生活，一个人居于山中，栽种，吃茶，养猫，听钟，煮雪，写字，看书。离俗世远，与自己的内心近。日影西斜，岁月沉稳朴素。当然，二十五岁的我做这样的设想是有些遥远。

天冷时,我常常爬上顶楼。

夜晚的走廊在漆黑中变得异常空旷,鞋底触碰地板的声音格外响亮。站在一扇窗前,轻轻推开它,冷风夹杂着水雾向我迎面扑来,空气显得冷冽而清新。

我呼出一口气,看着它缓缓消散。想起研究生毕业典礼那天,母亲在电话里对我说的话。

"人生道途,险阻重重,你总得一个人面对无尽风霜。我们能陪你走过的仅是短暂的一程。从今天算起,你的余生还很漫长,需要自己好好度过。"

第二辑
天地沙鸥

海边诗章

蝴蝶般的船

想念的温度

刻在心底的山川和星辰

看海去

如雾起时

换季

雪城

海边诗章

轮回之歌

船行在蓝色海面,潮流涌动,赤裸的空气遍布空旷的忧愁。

微凉的风,是日子倾吐的叹息,一阵阵来,坐在时间纺织的皮肤上,如深谙命运的过客仅是抚摸盐粒发呆,面对辽阔,无能为力。

暮色渐浓,有成排的带鱼在海中操练,构成一缕时隐时现的白,躺于水手饥饿的臆想中。那彩绘的餐盘早已一个个摆上,等待疲惫中弱小躯体的安寝。

大大小小的岛屿迎面而来,像飞蛾在视网膜上爬行,薄翅残损,腹中塞满未降世的婴孩和病痛。

冬天常携带无能者在水面铺成光的影子,作为一种温柔的踩踏和低处的界定。

黄鱼纷纷跃出洋面，并不知晓自己卑微的身份，以勇敢之姿模仿游泳的人立誓横渡海峡。鸥鸟在空中唱起希望之歌，却也为生存俯冲而下，白色翅膀穿过海浪的阴影，如夜中残雪斑驳的山岗。

你拢了拢细瘦的肩，一件秋天留下的毛衣是一位旧恋人。双手试图插入往事的温存，无法找到缝隙，冰冷模拟隐形的鲨，穿过二十七岁手掌寂寞的港湾。昨日的烟花已不在，或许明日又到来。轮回从未停下它的工作。

黄昏在远处布道，海燕在轨迹云一侧渐瘦。爱过的落日在白船抵港前，依然孤楚，依然无孕。

你是天生的旅人，漂泊与抵达同样都是你的故乡。

归航的汽笛牵出云后的星图，涛声是无常，暗是无边。

海边的鸽子

神在离去时留下它们，作为天空和海洋的信徒，站在长堤上守望日子由灰到蓝。这样的过程，像熟悉所有的失落，也熟悉所有的喜悦，暴露与隐藏的底色。

这座海边城市的清晨，属于孤独与忧愁，孕育幻想能和鸟类结为同盟的花,盛开于远方的树上。尊严本身被高度给予,而非通过低处的悲悯得以实现。

风穿过胸膛,衣襟是衰弱的存在。太多人来到这里,为了在海风中埋下一声叹息,然后又带着各自的生活离开,步履匆匆,如机械的海浪,涌来又消散,融入比海洋更辽阔的荒芜。

鸽子注视这些渐瘦的背影,注视在海面前逐渐虚弱的陆地,翅膀无法轻松张开,来拥抱这些滞留的足迹。

它们尽可能站在原地,不动感情,这是从神那里传染的毛病:清醒而沉默地观看人间戏剧,并等候下一个在日光中取下自己影子的人。

钓海的人

清晨海钓的人,从堤岸这头走到灯塔那头,拎着瓶瓶罐罐和空空的生活,慢慢踱步,慢慢确认人生与自己的距离。

鹰在高空扇动着翅膀,仿佛在自由的翼上建立个人的宗教。世界是刚苏醒的巨大鳗鱼,用咸涩的口水包围着岛屿这颗酸柠檬。海涛触碰堤坝,轻一声,重一声,练习西西弗斯的交响。

所有的垂钓者,都不愿将舌苔交给苦难,双唇紧闭,走过命运所筑的长堤，蹲于各自的角落，清点水纹与饵料。目光跳到鱼竿上，伴随振幅而晃动猛烈，在短暂的幻境中，恢复一种青春。

在被岁月压住的容器底部，灵魂爬出，跟随一旁拟人的白鸟闲坐，观望现实空虚的局面。日光漏过他们，一切都未完成。然后是暮色，最绚烂也最衰弱的祷告者，把身体统统交给时间，交给苍老。

一阵风靠近一阵风，一个日子挨着一个日子。

那些褪去责任与防备的肩膀，静得如同海边素描的平原。密林深处捕食失败的老虎和迟暮的士兵达成和解，完成谢幕。

那些需要遗忘的早已化为风而去，也不再顾及于谁的伤口撒下盐粒。

翻涌的白浪，在礁石上拍击出无名无姓的碎屑。

海上襁褓

走到长堤尽头，脚步早已在大海面前虚弱。

所有文明养育的儿女，此刻仿佛站在母亲的故乡。面对无垠的时空，如同面对一面空空如也的镜子，规则丢失，身体丢失，你连自己的眼睛也无法找见。欲望恢复为某个角落婴儿熟睡的模样。

海是襁褓，以无边又温柔的丝绸裁制。摊开它的花纹，在一种引力中相互覆盖，堆叠出微型凉软的山。船逡巡而过，往返日子纤长的指边，有重复的疲惫和易划伤的危险，像信以为真理的科技站在古典柔嫩的脸上，成为疣。

　　汽笛是时间遴选出的鼓手，擂响黎明与夜色。长风侵入衣帛，作为一种贴身材质，世界的寒峭与你的温热对峙，谈论天体、量子力学、都市的红绿灯、手机上的发送或撤销、是非颜色，都是茫茫。

　　星光落下一层，盐盖住一层，都是浪漫的造梦者。黑夜务实自己的任务，不断加厚暗的布料，翻手覆手间，所有露出额头的事端都已隐没。唯有涛声依旧，轻揉这一匹布。

　　日复一日，年复一年，我们回家的路线已与原乡错开。

　　几经掉头，余光里祖先远远站着，怀中襁褓只住着夜色和风，提醒记忆与现实的距离：所念人不必回，远远乡自成故乡。

蝴蝶般的船

你一直迷恋蝴蝶。

它的翅膀一张开，就像是这天地中飞翔的眼睛，也染着梦的色彩。它飞过一天天相似的日子，扑闪出那一层层白色、金色、蓝色的粉末，涂抹着我们单调的瞳孔，也涂抹我们憔悴的生活。

你觉得世界上最美的蝴蝶一定会在法国。那里有每个季节都会跳华尔兹的女人，她们的身上喷着你羡慕了些许时日的香水，那种醉人的芳香从你开始留起过肩的长发、偷偷穿上母亲银白色的高跟鞋的时候就一直向往。那些女人身上五颜六色的毛绒或者皮草衣服对你来说，有着巨大而遥远的诱惑。心中安放着一个陈年而精致的木箱，你希望把这些香水和服装放于其中，然后用一把漂亮的闪着剔透日光的小锁锁上。

那时，你会只身一人把这木箱子抬到你蝴蝶般的船上。在梧桐叶开始制造一场浪漫的旅程时，你会坐在蝴蝶船的船桅边，跟着不知从何处吹来又将吹往何处的风，穿越无数条干净细致的街巷和无数座肃穆庄严的哥特式建筑的顶端，远行，花一辈子的时间去流浪。

唔，我记得你曾经说，忧伤是生命的底色，这种颜色，我们从未丢失过。蝴蝶在你的心底，亦是忧伤的小生命，轻薄的翅膀在钢筋丛林中游荡，总觉得是一种微小与庞大的对比，在斑斓的纹络里藏匿一生。

就是这样的船儿，你却要执意地登上，并且要将它开过卢浮宫幽深静谧的过道、凯旋门两侧日愈生出的零碎的细缝，或者是你一直都很崇拜的文学家的声音和一直都想看到的那一双双沉睡着却很动人的眼睛。

你偏执地相信，这艘蝴蝶般的船能逾越时空的一切而到达理想中的口岸。逾越虚妄、真实、古老、理智与轻缓流淌的塞纳河沿岸橘红色的灯光，抑或逾越构成这艘小船骨架的忧伤和思想。

窗外的巴黎，此时又是一片不夜城难以低调下来的灯火，窗内是玩累的人群那一排均匀而整齐的呼吸。

白昼绵长的喧嚣里，他们隐没其中扮演各种人生大抵上要经历的角色，或主角或配角，或上流或底层。而此刻在这座城市的夜色中酣睡的人，他们是平等的，梦也是平等的，没有贴上用来区别的该有不该有的标签和价格。

若此时换作是你，定然不会叫自己轻易臣服于睡梦中。你会打开一架老式唱片机，放一张尚·马龙的法语香颂唱片，在接近凝固的安静里撬开平日压抑许久的门锁，临窗卸下一个自己，一个不像自己的自己。

你开始在窗户上留下一个吻。这个吻是杜拉斯最先教会你的。

欲望、孤独、绝望与死亡，是你扎两个羊角辫露出一脸单纯神色时异常抵触的词汇，像一只刚刚蜕变新生的蝴蝶面对一个偌大的冬天，掌心无端地生出许多寒意。一些人希望自己可以努力地走出杜拉斯的绝望来看她的绝望，走出女人的宿命来看女人的宿命，而你用自己的一小段蓓蕾初绽的年华证明，这些人会陷得更深，包括你，在无尽的荒野里，奔跑只是徒劳。

第一次看《情人》，是在你十二岁的时候。

一整个漫长的冬天，你却没有再收到任何一封她或他的信件。阴冷的风迎面而来，你泛白的指甲在深红色的铁质小箱前漫不经心地滑过，留下一道细小的指痕。回想起再小一点的年岁，五岁或者七岁，你每天也都在习惯着无人陪你说话的黯淡时日。父母外出工作，为生活整日奔波忙碌，他们在困顿一天后的睡梦中也在为你的明天规划。你终日在那栋散发霉味的烂尾楼的某个边缘的窗户里看着外面的世界，不远处有和你同龄的小朋友在玩大象滑梯，他们嘴里嚼着魔鬼糖，不时吐出染成了红色或黑色的舌头来吓过路的行人，几个气球不知被谁不小心扯掉细线，从你眼前飞往云层之上。你鼓着小脸抖了抖安全网生锈的钢丝，它纹丝不动，你却沾了一手暗红的铁屑。

孤单是你在年幼时便开始圈养的隐形生物，在逐渐成长中，何时将它放归，你未知。

孤独成为你对《情人》的第一印象。当然，还有杜拉斯用来成就爱和欲望的热带殖民地的气息，热带的灿烂，豪华别墅，刺眼的阳光和湿润的空气，以及夜晚，在浓密的树影之中裸露的无边的黑暗。

拉康说，杜拉斯肯定不知道自己所写的东西，因为她会迷失方向，这将是一场灾难。

你十分认同拉康的言论，因为在阅读《情人》的过程中，你也发觉的确不知道她在写什么，她似乎只是一味迷失在自己制造的巨大谎言和巨大误解之中。到最后，她只有顺应读者的意思，一直喋喋不休地诉说着白人少女和中国富翁的故事。

十四岁，你开始在青春的腹部生长，遇到了很多人和事。

知道雨天的时候会有喜欢微笑的女孩和你一同撑伞走过泥泞的路面；知道有一个小胖子总会在心情好的时候把大包的金丝猴奶糖

拿到班里分给同学吃，每次分到最多的总是你；知道在你扁桃体发炎的那段时间里，抽屉的几本书之间会夹杂着一包金嗓子喉宝和一盒塑料瓶装的白色药片；知道在你快乐或者悲伤的时候，总有人会陪你笑陪你哭。

活着，既是过程，又是状态。孤独与失落，一时间从你的心牢里获释。

你发觉自己不能够再爱她了，这个叫"杜拉斯"的女人。她的一生像电影一样掠过你的脑海，她的孤独、絮叨、谎言、酒精和绝望成了你避之唯恐不及的东西。和对她的一见钟情一样，你摆脱她的决心也是这般突如其来。因为你无法再承受她不堪的一生。

你隐隐约约觉得，在青春的时候，选错了人生的标签需要付出太大的代价。

所以此后的时日里，你再也想不起十五岁半的女孩和那个来自中国抚顺的情人的故事，或者说，由他们俩共同演绎的情节，单纯的爱情或者色情。你只记得在小说最后，大洋上的黑夜里放着那段肖邦的《圆舞曲》。你只记得结尾处那个男人给女孩打来电话，已是多年以后，他在电话里说，和过去一样，他依然爱她，他根本不能不爱她，他说他爱她将一直爱到他死。

还有你一直记得的那个留在玻璃上的吻。

这个吻，你现在也一直在重复。你能感受得到，丰沛的绝望和彷徨互相纠缠着，但却在那些晦涩的罅隙里，露出缕缕温暖的光芒。

夜里一个人的苍凉，很快就过渡到了清晨的温暖中。

你说此时你若起床，便会首先拉起百叶窗，然后打盆清水，花短短的十分钟洗漱一番，便又急急拿起一件素色的外套出门。你要去巴黎圣母院，去协和广场抑或某个漂亮的却叫不上名字的公园。

建筑是凝固的音乐，在法国，这一点你深信不已。

看不见的气息夹杂着历史的味道漫空行吟，把石塔、剧场、街道覆盖，潮湿得像下个不停的细雨。你说，若是自己成为路旁某一棵梧桐树上毫不起眼的叶子，定然可以感受得出其中滋味。

城市巴士的玻璃窗上依旧会有你留下的蝴蝶状的吻痕。均匀地落着白色雾气的蝴蝶，它的身后是一排排倒退的树影，还有你一直想看的哥特式的教堂和楼宇。

时光挽起巨轮，你的成长也在以一种近乎风的速度向前开去，倒退的是回不去的时光、丛林和某个遗落的微笑。

长大之后的我还会知道有微笑这种表情吗？

你问我的那天，是十七岁的末端，面对突如其来的长大，我们手足无措。

而你终究不爱笑了，因为你要靠近长大的尽头。在庞大的人海里,熟稔地习惯每个行人的角色、面具和冷漠,就像你的蝴蝶面对着一个冬天的挑衅。

你好,陌生人。

你会开始用这样的口吻去称呼在你生命行经途中没有留下任何记忆的人群,而他们却把整个没有温度的社会交给你。

你好,忧愁。

不知何时起,你成了一只忧愁的蝴蝶,或许是十八岁之前的两三年。

那时,你正在沿海上高中,天空本应是一块湛蓝的玉器,在你眼里却是灰色的看不到边际的阴天。

一些昔日同窗有着让人钦羡的家世,他们会在中考一败涂地后摆出一脸不屑的神色对你说,自己近日就要出国,停在国际机场的飞机正在等他,他要去大洋彼岸,去你一直想要游过去的大海的尽头。

一些朋友则承袭着父辈留下的贫穷,茫茫学途对他们来说是一条望而生畏的道路。他们只能执拗地背起沉重的决定,选择用血汗甚至血泪来改变命运的航向。

他们都将比你早些时候步入纷繁的世间,学着在疼痛中长成像你父母那样沧桑的模样。你紧紧捻着裙角没有说话,因为你觉得这样的选择是最无奈的自我欺骗。他们挥挥手,示意你已经到了离去的港口，你对着这些远去的尚且稚嫩的面孔轻轻说了声，一路顺风，然后悄悄红了眼眶。

曾经的不离不弃，曾经的海阔天空，没有谁会义无反顾地前往。

或许只有你一直在义无反顾地重复简单机械的生活，上课，做作业，吃饭，背诵。旁人说你总是醉心地投入其中而不知东方既白，而你只是在醉心地遗忘，用无尽的循环来遗忘曾经的年岁，说说笑笑拉着彼此的手大声喊大声笑的年岁。

其实，你本不愿这样囚禁自己。

因而，你从娇小的骨子里生出愈见庞大的叛逆和任性，无边的想象和对现实习以为常的麻木。

你会在清晨拒绝母亲的一杯牛奶而空着肚子跑到学校，会为高中班主任喋喋不休的说教而顿感百无聊赖，会因某个同学不理会你说的一句话而大发雷霆，会偏执地与家人因鸡毛蒜皮的小事吵上一通，会强行拉着一位近视高达五百度的女伴去附近的商场看 LV 的山寨包，而那个女伴的心里还想着今天数学课上的那条弯弯曲曲的抛物线。

你总是笑着告诉我，跟《你好，忧愁》中的塞西尔相比，你的任性是多么的渺小与脆弱。它们在骨子里翻江倒海地作怪，却没有伤害过任何一个人。而塞西尔的任性却要陪上一个叫"安娜"的女人的生命。

任性的力量是可怕的，特别是青春期里沸腾的任性。

你一直在想，塞西尔的任性与罪恶的源泉在哪里？毕竟她才十七岁，和你年纪相仿。

不想提弗洛伊德，但是他的确在上个世纪初和马克思一起平分了看待这个世界的方法论的天下。

如果按照弗洛伊德的观点，恋父和恋母几乎在所有少男少女的心底埋藏着。母亲自女儿出生之日起，就会暗暗将女儿置于竞争者的地位。而作为女儿的塞西尔面对即将成为自己母亲的安娜，内心的仇恨可想而知，她不想让父亲西蒙接受这个女人。所以她开始了激烈而恶毒的反抗，设下一个圈套，让安娜失去了自己最为重要的西蒙后出车祸死去。

罪恶是现代世界中延续着的唯一带有新鲜色彩的记号。

塞西尔说，我考虑着要过这种卑鄙无耻的生活，这是我的理想，也是我的忧愁。

十八岁的萨冈就这样为你营造了这种残酷的忧愁，不解青春、不解人生、不解结局的忧愁。

其实你很怀念"萨冈"还没出现时那个瘦弱的小女孩。她踏进法国朱利亚出版社的大门，神情略带羞涩，在手稿外面的黄色信袋的右上角写着：弗朗索瓦丝·古瓦雷，马莱布大街167号，1935

年 6 月 21 日出生。

可是后来你发觉,堕落和沦丧会是一件非常快、非常容易的事情:世界的变化,原本在五十年不到的时间里进行完毕。

古瓦雷不见了,"萨冈"用近乎冷色调的人生取代了她:年少成名,彼时青春美貌,与若干大人物有染,喜欢酒精、赌场、跑车和勃拉姆斯,吸过毒,甚至进过监狱,最后晚景凄凉。临死前已经撰写好自己的墓志铭:这里埋葬着,不再为此感到痛苦的,弗朗索瓦·萨冈。是的,她早已遗忘那个最初的名字,弗朗索瓦·古瓦雷。

普鲁斯特告诉你:在记忆的长河里,我们无法站在现时这一点上。然而有人告诉我,如果我们回望过去,过去只有痛苦和背叛,我们是没有希望的。记忆里只有落日时分的人,不会对明天即将升起的太阳有任何憧憬。

我想和自己和解。

这是《你好,忧愁》里唯一让你心动甚至心疼的句子。

所有的青春都必然包含一定的赌气成分在里面。无来由的抗争,和成人的世界、秩序的世界,和这个约定俗成、长大后需要付出很大代价才能够抗争并且得不到胜利结果的世界。

用了一生的时间去成长,一个人却始终无法与自己的青春和解。

萨冈就像一只黑色的蝴蝶，贴在你身体的某个部位，发出隐隐的疼痛。

巴士到站后，你定然不会搭乘的士去自己想去的地方，你会慢慢挪着小碎步去往协和广场。好的景致就像一杯好的咖啡，也总要人细细地品，方才体悟到其中滋味。

鸢尾花攀附着欧式墙壁倾听你的心事，你的心里竟有些莫名的惴惴，想来或许是故地与异国的距离加深着你的奔波与苍凉之感。年少时听人说，鸢尾花会在无人途经的午夜唱歌，那时四处藏匿的鬼会哭泣着来到花下，有一段时期你听完这件异事，手指居然无端地颤抖起来，怕得要死，连白天都不敢一个人打花下走过。

年华灼灼，这中间空缺开来的多少人事，成为一方小小的汪洋，漂白了你曾经的畏惧与可爱，如今皆淡如裙裾狭处一袅浮青暗纹，远得看不分明。

协和广场离车站不远，你很快就用目光丈量完了这段路程并且嘴角翕动地来到目的地。看得出你的惊喜，以及兴奋。

广场呈八角形，中央矗立着一座有三千三百年历史的埃及方尖碑，那是埃及总督赠送给查理五世的礼物。碑身由粉红色花岗岩细致雕出，上面刻满埃及神秘的象形文字。广场两侧各有一个喷泉水池，游人常坐于其旁的石屏休息。

这样的广场，你以为只能在教科书上出现。它精致得形同你看过的某个男子高挺瘦削的脸颊，藏着几个世纪都欲说却只想你去猜度与获知的一语成谶。

鸽子寂寂地从斑驳的地面飞向阳光淌下的地方，此时广场上人群涌动，人们纷纷脱下礼帽，表情专注，目光盯着一处。《马赛曲》沉郁而壮阔的旋律在耳边响起，那面从左至右迎风飘扬的蓝、白、红垂直排列的三色旗，是他们久远的法兰西岁月，是他们盛大而忠贞的信仰。

这样肃穆的场景让你不由想到"流浪"这个词。在北纬48.52度、东经2.2度的地方想念自己的国家，这是流浪；看着别人的孩子簇拥着他们亲爱的母亲，这是流浪。

原来，你一直都在流浪。

蝴蝶太美丽，流浪的她飘得太忧伤。忧伤也是你眼角卸不下的底色。

你想起了勒·克莱齐奥。在两年前，他闯进你的原野，用《流浪的星星》征服了你这匹孤独的马。

闲暇时，你在网上看到过他的照片，以及采访的新闻稿。

那是一个谦和礼让的男子，年老后脸庞依旧精致。他的表面温和平静，内心却充满了张力。而他的眼睛，竟然可以像男孩一样清澈透明，像树荫下阳光照不到的一潭深泉。

瑞典文学院将2008年的诺贝尔文学奖授予克莱齐奥时的评语

是:"将多元文化、人性和冒险精神融入创作,是一位善于创新、喜欢诗一般冒险和情感忘我的作家,在其作品里对游离于西方主流文明外和处于底层的人性进行了探索。"

这种冒险便是流浪,这种流浪便是探索。

潜意识里,人们几乎都希望沐浴在阳光里,希望与社会和睦相处,希望被所有人爱,包括柏油路上开过的每辆车、车里的每张脸。可只要谈及付出,他们又变得异常怯懦。他们害怕无法承担起这样巨大而丰盛的责任。于是,他们变得淡漠且缺乏热忱,热衷物质,精于算计,挣扎在世界尽头。

他们一直都在流浪,被迫流浪。

长大之后,内心里时常会涌起无边的彷徨与迷茫,就在眼前的烂尾楼的某个房间里,你突然之间发觉已经撑不起"家"的概念。四面是高墙环绕的楼宇,安全网划分成细碎方格的天空,失去了影子和心灵的人们,绵延悠长的昼夜,万物俱归于岑寂。

你所谓的"家",已经飘到遥远的地方,你和一个叫艾斯苔尔的女孩都在寻找。

应该说,是从克莱齐奥开始,你相信,也许出走、离开、流浪是回家的一种方式,至少在出走、离开和流浪的背后,藏着回家的愿望。

流浪之前的幸福时光,流浪,逃亡,永远找不到家的悲剧。结束流浪的希望仿佛神话里珀涅罗珀在纺车边织寿衣等待奥德修斯的归来，她白天织晚上拆，生存所呈现的循环方式在此重新得到希望。如果我们相信神话模式的毒咒，人也许是注定要流浪，且一旦走出家门，就似乎永远回不去了。

而克莱齐奥成了少数的能够回到自己家的人。

而你也想跟在他身后，成为少数再少数能够回家的孩子。

你知道，会有一个女孩很像你，用天真的流浪寻找着家，她叫艾斯苔尔。

我曾经问过你，《流浪的星星》里有什么隐喻？

你说是泪水回到了流浪的原点。在事隔四十年之后，艾斯苔尔重新找回了泪水，她终于得以远离漫长的无所寄托的旅途。

泪水是我们最初便想要追寻的事物吗？

你不知道，不过，在艾斯苔尔将父亲的骨灰撒入草坡的时候，你相信，至少她可以不再流浪。

我知道，事隔多年以后，你也能清楚地一字一顿地背出藏在《流浪的星星》里的那首诗：

在我弯弯曲曲的道路上

我不曾体会到甜美

我的永恒不见了……

协和广场上的人群逐渐散去,你脱下那件晨起时为了抵挡寒气所穿的素色外套,把它轻轻搭在左手的胳膊上,上面有小小的皱褶。

你想起《蝴蝶夫人》里也有这样一件满是皱褶的衣物,不过它的做工和纹络比自己的这件好看许多,就像真的蝴蝶。

露水从栏杆上滑落,变得不再冰凉,璀璨明亮的日光中生出轻盈透明的小翅膀,像蝴蝶般的船。

其实,你一直都在想象着自己应是坐在了这艘小船上游历了各个国家,听过了许多文学家的声音,和看过他们沉睡的美丽的眼睛。

阅读多少遍描述法国的文字,不如亲眼看一下这个国家。

你说,法国三面环海,大部分是温带海洋性气候,四季宜人。你可以去看看我还没到过的阿尔卑斯山、科西嘉岛、埃菲尔铁塔,也可以去听听那些20世纪以前的文坛巨匠的声音,比如雨果,比如大小仲马、福楼拜、普鲁斯特和纪德。

此刻,蝴蝶般的船正要起航,你快坐上,跟向往玫瑰芬芳的灵魂一起前往。

想念的温度

在十七岁的最后一个晚上，我告诉自己，以后不准掉眼泪。

之后的每一天，我都尽量以一颗平常心来面对生活，跟那些用力煽情的电影或电视剧保持距离，碰到带有恶俗情节的综艺节目便立即转台。近段日子听得较多的是宋冬野、马頔的歌，梁静茹的情歌已经不听，尽量避开需要拥抱和掏出纸巾擦眼泪的场面。碰到跟好友分别的时刻，我一般保持沉默，不想多说话，如果有很多人来送，我会悄悄退到人群后面，走掉，然后发信息告诉他们，自己多保重。

我不想自己掉眼泪，也不想谁为我流眼泪。

时间长了，其实也很害怕这样的自己会不会渐渐冻结成一块冰，失去情感和温度，越来越坚硬。

2015年2月下旬，独自一人坐上飞往台湾的航班。

飞机冲上云霄的那一刻，整个人向后倾斜，想起以前在大连金石滩坐过山车时的情景，可是身旁的那个人已经不在，好多事情都不断往后翻滚，最后只剩下我爸和我妈的脸在眼前浮现。在去长乐机场的路上，我爸坐在的士里嘱咐我，到了之后别忘了给家里打电话，钱不够就跟家里说。我妈没说什么，脸上一直憋着不舍的情绪。我躺在座位上，点点头。

抵达桃园机场的时候已经是深夜，天空下着小雨，飞机还未停稳，雨丝在窗户上打滚，一颗颗，拖着细细的尾巴，像蝌蚪。我感觉自己也是其中一颗，滴答一声，落到了这座从小在书上反复出现实际上却很陌生的岛屿。

台北用冬日末梢的雨水欢迎我。

来之前，除了我爸，我妈更是在家嘱咐多次，到了之后一定要给他们报声平安。夫妻俩真像两个日渐衰老的闹钟，虽然也在叮叮叮响着，我却听到了他们身体发出的带着锈迹的声音。我总是点头说好。

真到达台北后，也想第一时间就打电话回去，却发现忘了给手机办相应业务，卡已失效。两天后，我办了交换生专用的电信手机卡，打电话回去，我爸接的，着急问我为什么到现在才给家里消息。我跟他说了电话卡的事。之后他就跟我去重庆念书时一样，说了好多要照顾好自己这样的话。我在电话这头听着，也不打断他。等他把憋了好几天的话说完。我应了声好，没说再见，就挂断了手机。

原以为自己这下会有种解脱的心情，可心里一下子却变得空落落的。深夜，窗外的雨仍旧下着，密密麻麻，像豆子撒在屋顶上，大珠小珠落玉盘。

台北人习惯了冬天的雨水。积雨云笼罩着城市，遮蔽阳光，使他们的皮肤要比长期被太阳毒晒的高雄人白嫩很多，也使这座城市有了一丝英伦气息。

岛屿被北回归线穿过，冬天不冷，经常在街头看见衣着混搭的学生、青年们，上半身穿着卫衣，下半身则是夏天的短裤，或者往里再穿一条紧身长裤。如果我在长乐家里这样穿，肯定会被当成精神病患者，被我妈严厉批评。

从小，我妈都只让我跟我哥留短发，不准烫发、染发。穿衣打扮上，则是怎么土怎么来。所以在我离开家到市里念高中的时候，才从前桌女生嘴里第一次听到自己有点帅。

内地的话费是按分钟算，岛上的则是按秒计费，加上是国际长途，我就重拾自小养成的"勤俭节约"的好习惯，不再跟人煲电话汤。偶尔上网聊天，朋友们问的情况也都一样，我一直都不是一个喜欢重复说话的人，后来加上有一些人让我帮忙代购各种护肤品和苹果系列产品，我就连微信、QQ都不登了。

开始喜欢一个人在异乡生活的时光，因为陌生，无人打搅，时间便骤然停下。

一个人起来跑步，去麦当劳吃五十台币的早餐；上课或者到图书馆看书，翻的都是竖排繁体字，读得很慢；快到黄昏时，坐捷运到淡水，买上一杯新鲜的"柠檬爱玉"和一串炭烧豆腐，伴着暮色吃起来，等天黑回去，并再一次熟悉台北天亮的过程。

在十八岁之前，因为发育期的缘故，泪腺特别发达，只要情绪一上来，眼泪无须用力就跟闹着玩似的哗然坠地。跟父母闹脾气，不小心和同学吵架，成绩没提高，到班主任那里喝茶，苦苦喜欢一个人未果，种种事端都在诱惑眼泪决堤。我也知道流泪的男生在别人看来都好娘好娘的，我迫切希望身体里的雨季快点结束。

后来有一天突然发现自己不怎么会流泪了，或者说是因为流不出来了，我才觉察到我的十七岁已经过去。自己开始向往理性、客观，不想动情。

但自己所处的这座岛却仍旧像少年一样感性，容易哭泣。

以前都不怎么看台湾偶像剧，觉得情节都很雷同，演员们演技浮夸。每一两集里总有人哭，年轻的女生哭起来还挺漂亮，但那些上了岁数却仍旧努力表演出少女心的中年妈妈们，一哭起来特恐怖，妆花得让人没有再看下去的动力。在岛上生活了一段时间，才知道这里的人们真的都像电视剧里演的一样，感性十足。

跟L去逛书店的时候，他说了一件事让我觉得也很逗。L在台湾师大交换，附近有一家书店，平日若只有男老板或者他儿子在，女生去买书，统统打五折，男生则是原价；若老板娘在，则男女平等，一律原价。我问，是真的吗？L笑着点了一下头，"我们班上女生买过，真的是五折。"

一次看电视上的新闻，是关于"反课纲运动"的学生夜里私闯教育部门大楼的事，主持人问一个教授嘉宾为什么现在的台湾学生会这样。教授说："都是因为教育出了问题，学生不读哲学、逻辑学，思维感性。"

来到台湾两个月，跟家里只通过一次电话，就是刚来那会儿，之后没有联系。自己一点都不想家，这让我很开心。因为不想家，就觉得自己好像长大了。

身边有很多人就是在经历离开家、不想家、少回家这些过程后，彻底变成了大人，过着自己理想或不如意的生活，走着走着，离父母越来越远，与过去分道扬镳，最后回不去了。

我想自己如果能一直待在岛上也挺好的。

没来前，我便看过很多台湾电影，也想过自己到了岛上后要去喜欢的电影拍摄地看看。每周一上完课，就开始计划旅行，去过侯孝贤《悲情城市》中的九份，到过杨德昌《牯岭街少年杀人事件》的发生地牯岭街，也来过钮承泽电影中的艋舺。有些地方较远，便上网订车票，然后再到学校里面的"全家"便利店取票。坐着台铁自强号或莒光号南下，去《海角七号》里的恒春半岛、垦丁沙滩，到《那些年，我们一起追的女孩》中的彰化精诚中学。最爱的还是《练习曲》中的花莲。

一个人骑单车前往七星潭，白昼渐熄，细小砾石组成的沙滩在夜色之下显出浅白。眼前的海因为夜的到来变得更加广阔，踏浪捡石的人在海湾靠近村落的一端，多是成双成对的情侣，点点船影在远处。不远处的地方，则有人抱着吉他，唱了一首《岛歌》，女孩声音清澈，很多人都停下来，围在她身边。

我想起有次从台大听完课出来，去诚品书店，过地下通道时，遇到一个抱吉他的女生，她闭着眼睛大声唱着自己的歌，好像忘了全世界。台湾的街头艺人都需要有专门证件以及排队取号才能出来表演。他们分散在岛上不同的角落,却都一样纯粹热爱着艺术,并勇敢展示着自己。海风吹着,我又多坐了一会儿,心里空空的,什么也不愿去想,前程往事都变得越来越远,仿佛跟自己没有关系。单车成了此刻我唯一的伴侣,在我背后默默看着我和这片深蓝色的海。

深夜,我也开始喜欢听广播。有次,在女主播超嗲的一番心灵絮语之后,里面一声雷响,雨水淅淅沥沥落下,孟庭苇在唱着新版的《冬季到台北来看雨》,轻柔的旋律开始在空荡荡的夜里响起。

冬季到台北来看雨 / 别在异乡哭泣 / 冬季到台北来看雨 / 梦是唯一行李 / 轻轻回来不吵醒往事 / 就当我从来不曾远离 / 如果相逢把话藏心底 / 没有人比我更懂你 / 天还是天喔雨还是雨 / 我的伞下不再有你 / 我还是我喔你还是你 / 只是多了一个冬季……

想起飞机从长乐飞往桃园的那天,云层很厚,我在云中穿行。气流有时不稳定,整个机舱都晃动起来,我想起之前电视上报到的台机空难事件,我妈跟我说"一定要照顾好自己"时的场景反复在脑中浮现,那时我正一个人挎着单肩背包,兴冲冲向海关那里快步走去。身后是我爸我妈,像两匹年老的骆驼那样站着,目送我离开。

  天还是天喔雨还是雨/这城市我不再熟悉/我还是我喔你还是你/只是多了一个冬季……

  原来十八岁之后,我们都选择把泪流进心里,在每一个想念潮涌的夜晚,哗哗作响,热浪腾腾。

刻在心底的山川和星辰

读大学后,因为常有作品发表、出版,我获得了比较丰厚的稿费,在扣除学费、生活费之后,自己开始将剩下的钱用于旅行。

离开熟悉的环境,前往别处生活一段时间,我喜欢去感受这个世界更多未知的部分,搬进鸟的瞳中,凝望过路的风,世上有再多的雨雪都不足挂齿。

记得自己第一次远行前,我到邮局领取了《读者》杂志社发来的一笔稿费。那天走回宿舍的途中,瞬间觉得天地都不一样了。那个荷花初绽的夏天,傍晚阳光仍旧灿烂,我停下脚步,在我的面前,有什么东西显得异常耀眼,是响着欢快音乐的洒水车沿路洒下的水花,在日照下显出一轮微小的虹,它跟随洒水车奔向远方。我像平常一样继续走路,但似乎又跟往常不一样了。

想起了歌德,在1786年的某天凌晨提起行李,独自一人钻进一辆邮车,就此前往意大利。意大利拯救了快被世俗吞没的歌德,他丢下公务员身份,在那里写下了《浮士德》《塔索》的部分书稿。而我也要跟着洒水车去往柏油路的尽头,那是我还没去过的地方。我要用自己赚取的稿费,去看看更美的人间。当时心里装满这个念头,我仰起尚且稚气的头,笃定向前走着。

最先前往的一些地方好像只是从自己看过的书中走向人间那样,多了一份立体、真实的感受。在这个世界上,有太多人用镜头和文字展现它们,打开电脑,随便找个搜索引擎便能轻松找到与它们相关的图片、历史、地理知识及旅行攻略。亲身抵达这些地方,上扬的嘴角也常在一声惊叹后回归平常。很多时候,前往一个地方也仅是为了逃离当下的生活状态,像个事不关己的局外人游走于各个角落,觉得见到便是得到了,其实是在边走边忘。

后来在旅途中,我逐渐懂得与这世界相见,需要带上自己细腻的内心,认真体会所有生动有趣的瞬间。它们微亮却很迷人,有我们记忆中已被尘埃覆盖许久的细节。我见过火车上一个男孩眼角突然滑落的一滴眼泪,原因是听我唱起他哥哥曾哼过的歌曲,他想念去远方上大学的哥哥;看到一个中年男人在月夜底下抬头仰望,口中的叹息像一条白鱼很快游进夜的汪洋里,不见身影;也望见在马路中央努力攀爬围栏的老妪,为了这头的孙子去买马路另一头的小吃,在当下的语境里上演着朱自清文中那一道相似的背影。

也曾在途中怀抱着对世界的热爱，却被现实浇下一盆冷水，清醒过后，更加理性去感知人情冷暖。有一回去拉市海游玩，坐车要到目的地时，被告知要进行一些项目的消费，我不肯妥协，他们便停车将我放下，随即拉上车门开走了，我被丢在一条山道上，走了很久的路才望到尚有烟火的人间。一次在冬日的沈阳街头，我因丢了手机与行李箱，整个人木愣地站在大雪飞扬的路上，希望有人可以帮我，询问了很多人，他们都将我视作骗子，甩出惶恐、冷漠的眼色给我，加剧北方深夜的严寒。

但一路上感到更多的仍是世间的温热，那些陌生人给予的善意与爱，是醇美的茶水，品过之后还不时回甘，成为寒冷岁月里舌苔温暖的来源。

在清迈的时候，曾寄宿在同学的朋友 Lee 家里，住处位于古城外的一个村庄里，早晨会有大喇叭广播从远方的田野飘来。Lee 喜欢向人介绍很多田园农场的有趣知识，但中文不太流利，每次怕我不懂他要表达的内容，就拿出卡片，在上面画画，每次画完后都朝我微笑，牙齿整齐而洁白。夜里多蚊虫，我几次被咬醒，他便开着吉普车到六公里外的镇上给我买青草膏。宁静的夜晚，万物生灵和风而眠。婆娑的光影照在屋内，地板上闪着银光。丝丝缕缕的药草香气像是从故乡飘来。

M 是我去亚丁途中认识的朋友，为人豪爽仗义，有一回我在路边想搭车，几次被拒，是他用自己那辆朋克风格的摩托车载我前行。在即将入冬的稻城，冷风拍打着 M 的黑色皮衣，我伸手触碰他的肩膀，手掌像被冰块嵌入一样，即刻冻住。摩托车如同一头在半路喘息的动物，M 不断踩着油门。我坐在他身后，问他："还能开吗？"M 先不说话，咬紧牙关，狠狠踹着油门，随后听到一阵发动机隆隆的轰鸣声时，他嘴角上扬，答道："你就瞧好吧！"话音未落，我就被摩托车带出去了，身体往后侧，头发被寒风拉成硬刺，我们上路了。

世界的版图在自己的脚下一点点扩大，每当我从一个地方回来，便会在地图上做个标记，看着所到之处越来越多，我就止不住一阵兴奋，入睡前笑得合不拢嘴，因为我知道自己越来越靠近我最终要去的那个地方了，它是我的内心。独自旅行让人获得了一种独处的力量，愈发了解自己身上的优点、弱点及心中的宇宙，也明白了在这复杂的世间，什么对自己才是重要的。

孤独是我们在路上所获得的珍贵的纪念品，它叫人放空所有，让人得到最大程度的自由，而收获新生与诗意。

在一个全新的环境里，每个人都在与过往做着一次暂时的告别。撇开背景，不再有各种关系捆绑，身份仅仅是个过客，没有太多世俗压力，没有任务表，没有打卡器，没有顾忌与忧虑，身旁只有人来来去去，谁也不会指指点点。一切只要你想，就能开始。可以在书店席地而坐，待上一整天；可以在公园里学老年人跳舞、打太极；可以夜里七点钟从上海坐动车到南京，去夫子庙看看灯火阑珊中的秦淮夜景；可以清晨四五点起身去芽庄的海边看一场日出，为一缕落在发梢的光而热泪盈眶；也可以在极其充实而产生倦意的途中取消后面的行程，选择一张柔软的大床睡上一天，虽未前往山川湖海，梦中也能水光潋滟、风光无限，享受人生的通透与欢愉。

每个人又会在这陌生的境地里，重新认识自己身上的可能，被时间锻造得坚强而独立，丰盈而从容。在鹿野，第一次尝试了滑翔伞，站在崖边，腿脚瑟缩着，教练不断在旁边鼓励我，让我不要害怕，记住方法后就大胆往前跑，他也会跟我一道跃起。"别紧张，风会让我们飞翔，忘记所有恐惧。"我在他温柔的话语中助跑了一段距离，在崖边后整个人弹起，闭上眼睛，瞬间又睁开了，整个人随着滑翔伞升入高空。我松了一口气，笑起来，要知道从前的自己是不敢面对眼前的这片天地的。"我终于做到了！"我对着视线里的云层、山脉、河流、村落大声喊道。耳畔似乎听到了教练从后面飘来的声音："对啊，你做到了，酷酷的男孩！"胆小怯弱而褶皱遍布的内心，瞬间被风给摊开了，捋平了。那时觉得自己拥有了整个世界，也拥有了一个全新的我。那是我生命中飞跃的时刻。

旅行中，顿感自然的神奇，它有唤醒人、治愈人的能力。在自然中行走，不再攀附于谁的影子，内心笃定淡然，自己便是自己了，无常世事仿佛皆可忘却。

在藏区的夜晚，气温骤降，身边的同行者越来越少，我依然往前走去。在海拔三千多米的地方，双脚极其缓慢移动着，口中喘着粗气，当初一些坚定的想法开始松动起来，比如为什么独自来这高寒的地方，如果倒在这荒凉的世界里又会有谁知道，心里在那一刻竟想到放弃。眼睛里泛起潮水，为了不让它们涌出，我抬起头，一瞬间望见了漫天无数的星辰，璀璨耀眼，距离与我如此之近。我突然意识到，自己来这里不就是为了与它们相见吗？

在苍穹下清楚自身的卑微，知道延续生命的方式，是在人生黯淡的天幕上留下踪迹。所走过的路，写下的文字都保存着自己的痕迹，未来会有人看到的。我伸手抚去眼泪，吸了吸鼻子，对着这些早已陨落数万亿年的漫天繁星报以微笑。

也是在一个夜里，我独自漫步在恒春的海边，温度越来越低，像走进一个巨大的冷藏室。大风猎猎，涛声震耳，四周礁石如暗中站立的男人，粗糙，沉默，全身风霜遍布。不断上涨的海水很快涌到脚边，仿佛再过一刻，它们就将淹没我，但自己丝毫不觉畏惧。想起少年时心中也常有困顿，是来看海而得到了缓解。成人后承受更大压力与痛苦，海洋由始至终还如昔日友伴用最纯朴的声音与我诉说，用冷冽却让人清醒的拥抱给予我最大的宽慰，并使我拾起一颗初心。

我沿着夜色中人影稀疏的沙滩潇潇洒洒向前，好像这是一条归家的路，返回我松弛自由的十七岁，去那个阔别已久的纯真世界。一个身影轻盈的我，一个眼神透亮的我，在拒绝沉重的生活、成长中悲哀的底色。

没有深入自然，融入自然，无法获知生命的磅礴与伟大。万物声息相连，我们所无法理解的、困惑的、烦恼的问题，在自然那里，自有朴素的答案给予每个人。给自己一段时间，与一草一木、山川湖海相处，确定生命的位置，懂得未来的道路，这是自然的丰美馈赠与精神慰籍。

卡尔维诺曾在《看不见的城市》里说："每到一个新城市，旅行者就会发现一段自己未曾经历的过去：已经不复存在的故我和不再拥有的事物的陌生感，在你所陌生的不属于你的异地等待着你。"

世界只是一帧一帧浮现于眼球的风景，我们途经，与别处的生活相遇，但在旅行的最后，终点一定是自己。一个人如果不知道自己是谁，也不曾重视自己，那他是容易丢失未来的。

一直在想，如果一生都能住在风里，随它前往世界每处角落，好像也没有什么不好。

在福州，在上海，在重庆，在台北，在纽约，在巴黎，在每一个闪亮的日子里，每一根发丝都在接受这个世界的爱与苍凉，并从中寻找到自己的位置，荒芜的心会在那么一瞬间被刻出壮阔的山川和星辰。

看海去

这段时间，总喜欢一个人走在深夜空荡荡的大街上。远处有犬吠声传来，仿佛被扩音器放大一样，在空气里回响。风有点大，吹得商店篷布噗噗作响，像这座城市的旧衣裳被逐层掀开，有什么故事要裸露出来。

自己不知不觉就走到离住所很远的地方，像个刚来的旅人，在原本熟悉的城市里迷路。腿脚走得有些酸痛，想打个出租车回去时，听到路的尽头有阵阵涛声，像是海潮，一瞬间错觉，让我向着夜的那头走去。看见的是一片江，在晚风里汹涌澎湃，岸边渔火簇簇，我停在路的尽头，对自己笑了笑。

在云南旅行时，也有过这样的错觉。那年九月有一周时间，心里挤着太多烦恼，我想遣散它们，就逃离学校，来到大理。在苍山洱海边的一家民宿，挑了间窗户面朝洱海的卧室，住着。傍晚时分水雾凝重，我倚靠着露台栏杆目视前方，天水相交近似一色，有无限的辽阔铺开，洱海像一片真正的海。楼下，民宿老板在收衣服，柴犬在他身旁撒欢，我不禁嘴角上扬，觉得生活仿佛也是片平静的海。

故乡长乐靠着东海，年少时常和祖父穿过沙丘来到海边。祖父是个受过太多苦难创伤的人，一生郁郁不得志，所以常常独自来看海。当我自顾自踏着浪花越走越远时，他立马厉声喝住我，说许多时候大海看似表面平静，底下实则暗涌遍布，分外危险。他吃力地拉长满布锈迹的声音，叫我快回来，快回来。那时自己毕竟年少，不知其中深意，长大后才明白，人世与海如此相似。只有潜入过深海的人才知海底漆黑，动荡不安。当我们无法获知隐藏在其中的危险时，会感到一种深深的恐惧。海给了每一个人敬畏它的缘由。

因为故乡近海含沙量大，且以黄沙为主，所以海水常年较为浑浊，不是我理想中的海。我心中真正的海是在兰屿见到的。从台东富冈渔港出发，坐两小时客轮，来到这一座被时间掷于太平洋上的岛屿。四周全被深蓝色的海水围住，起风时，岛屿仿佛成了一艘船，在这波涛汹涌的太平洋上乘风破浪，当自己与浪花交手几回后，由畏惧到亲昵，一冲动真想从高崖跃入海中，投进它蓝色的臂弯。

来岛上的第二天，我就请达悟族房东大叔带我去浮潜。在双狮岩附近，遇盛夏豪雨，海面顿时成为鼓面，我的后背遭到一阵捶打,不觉疼痛,倒像种解脱,仿佛周身的孤绝爱恨被敲打而出,淌向远处深海。我低头,水下的世界平静如昨,鱼群按着原有的节奏行进,海带随着水流摆动自己柔软的身体,一条海蛇闪电般穿过我的目光,向更深的海底刺去。我感觉此刻上帝把他的眼睛给了我。

　　始终觉得兰屿的居民是靠近上帝的。这里人家不多,道路空旷,除了开过的摩托,甚少见到人影。我在路上走,经常碰到一群山羊,它们并不怕人,悠然徒行,啃着青草,向我走来,偶尔见到飞得疲倦的白鹭停驻在它们背上,动物们对行人并无一丝恐惧,生命没有高低贵贱,如此平等。岛上的居民也不曾被物质、名利所捆绑,每天日出而作日落而息,天气好,就出海捕鱼,回来挑些鱼现炒现煮,剩下的经腌制后晒成鱼干,供日后食用,等鱼快吃完时,再去捕。也在屋后种些菜,逢着海上风大或休渔期时,就从地里取得食物。"一日三餐自给自足,不用跟谁比较,在这里,每家每户情况都一样。"浮潜回来途中,房东开着吉普车,对我说道。

　　或许这也是许多人选择逃离城市生活而旅居在岛上的原因,这里不仅有我们久违的自然风光:蓝天、碧海、松涛、旷野、星空、明月、清泉……更重要的是重建生活的秩序、行走的节奏,以及治愈自我内心。当我站在开元港,迎着阵阵海风,遥望客轮开来的方向,发现彼岸固化的世界早已失去轮廓,它此刻与我如此遥远,隔着一条银河似的,我不再奔波于汹涌的人海,不再接住谁扔下来的材料、任务，不必忍气吞声，也不必取悦谁，只觉得自己是自己了。在这片刻，东临碣石，以观沧海，的的确确感受到自身的存在，就如梁实秋所说那样："人在有闲的时候才最像是一个人。"

在海边，清晨起床，看阳光逐渐从桌角移到床边，床头柜上的水杯光影浮动，窗外早已缤纷灿烂，能闻到大海特有的咸湿气味，像跟前升起了一片透明的海，鱼虾游动，散发出这些味道。想起英国作家丹尼尔·笛福在《鲁滨逊漂流记》中写下的一句话："我们老是感到缺少什么东西而不满足，是因为我们对已经得到的东西缺少感激之情。"我看着眼前的世界，感恩于每一个事物在我生命的途中所贡献出的力量，让我知道了美，感受到了情，期待着爱，让我成为一个人。

当然，时常也在问自己：愿意一直留在岛上吗？真实的答案是自己无法长久待在这里。狭小而孤独的海岛是用来寻找自我、放慢节奏的。出来久了，城里的人会逐渐忘记城外的人。我终究是要回到自己熟悉的世界去，那里有我的家人、我的生活、我的工作、我作为人的价值所体现的地方。

海是内心的一处庇护所，但不是居留地。每个人可以把苦楚暂且搁置在风月海潮里，由着自我的性情走一小趟活泼泼的人间，可随后仍要回头处理自我与现实的矛盾，试着去调整，去适应，去解决。不要指望海替你保管所有，它没职责，也无义务。它只是每天按照自己的节奏潮涨潮退,发出自然的声息,与这天空对望。

从岛上回来一年后,我硕士毕业,开始工作。时间随即变成一根绷得紧紧的橡皮筋,拉着动物一样的自己前行,一步步远离过去慢得仿佛静止的光阴。备课、上课、批改学生作业、完成部门任务、看书、写论文……分秒被瓜分得干干净净。多少次午夜辗转难眠,都希望自己还在海边,在炎夏吹着大风,在干净的白沙上奔跑,看蔚蓝的海,自己甚至只想当个海上的渔夫。

但我明白明天早上醒来后还得面对镜子里的那个人,我要给自己一张足以承受世间万千磨难的笑脸,让自己成为海,去包容这世界所有的喜悦与悲伤、温热与苍凉。我不能哭泣,也不能放弃,毕竟不能辜负每一片我所看到的海,不能辜负自己旅行的意义。

工作的这几年,经常坐地铁经过嘉陵江沿线,望见车窗外雾气浓郁而呈白色,大雾封锁了对岸的房屋,四周变得朦胧而空荡荡。云雾起伏中,江水在轨道下缓慢流淌。我昏昏欲睡,进入梦乡。

梦里,自己站在海边,巨浪翻滚,船帆抖动,觉得自己也飞起来了,正跟随一群海鸥扑打着双翅,向着远天飞去。渐渐地,海天平静下来。

暮色罩在海上,海水粼粼发光,一切恐惧就在一个瞬间消解,好像纯度不高的铅笔拉出的线条,无论多长,都可以随手用一块时间的橡皮擦将其擦去,不留痕迹。而自己却在悄悄长大。

如雾起时

去阳明山上看樱花,坐公车时竟然睡着了,醒来时已经到了擎天岗。

阴天,山色空蒙。气温和山下差了四五度。我披着一件长袖,走到了山顶的草原上。在起雾的山上,草间的露水不时就滴到脚上,空气中是一种有别于山下闹市的清新味道,微凉且有淡香。

雾把深山封锁起来,前行的道路看不清楚。在草原上吃草的牛群忽隐忽现。自己像走在一场大梦之中。

此时能想起的事物不多。

记得读研时,看安德烈·塔科夫斯基的电影《乡愁》,开头便是一场大雾。俄罗斯作家安德烈与他的女翻译尤金尼娅在起雾的山间把车停下,两个人对话。尤金尼娅说:"这真像幅油画,初次见到这景象我泪流满面。这光线让我想起莫斯科的秋天。"安德烈却说:"我对这种美景早已厌倦。我自己别无他求,这已足够。"

两个不同的人对待乡愁态度并不一样。尤金尼娅是对乡愁的表达,与多数人并无差别,无非是加入诗的成分,于细微处调动情绪。而安德烈,我起初并不明白他说这句话的用意,直至看完影片再回头细想他的话,才理解这个男人是活在乡愁的挣扎里,并且早已习惯。

乡愁是一场雾,我们永远也无法走出。

重庆是一座雾气很重的城市,一年到头,多半时日都被浓雾笼罩,秋冬季节尤甚。

茫茫雾气里,万物只呈现出朦胧的轮廓,像用铅笔在素描纸上轻轻勾勒而出,模糊而不分明。看人也像看画,用偏留白的方式,可以避免人世许多徒劳的勇敢。

这不仅是作为一个创作者需要意会到的事情。世界仿佛是一头灰色的巨型水牛,我们寄生在它的身上,暗藏各自心事。遗忘就像生命中起雾的片刻,给予自己遗憾过的人,就让他们走进雾中,别去回头挽留。

坐地铁,经过嘉陵江沿线时,车窗外雾气封锁了对岸的房屋,四周变得朦胧而空荡荡。

重庆雾气很重,人们身陷其中看不清别人,也易迷失自己。想起黑塞的诗:"在雾中散步真是奇妙,一木一石都很孤独,没有一棵树看到另一棵树,棵棵都很孤独。在雾中散步真是奇妙,人生就是孑然独处,没有一个人了解另一个人,人人都很孤独。"

现实剥落生命曾经的形状,个体在随之做出相应的改变中,承受与付出的种种,多半如花落在空空的蜕壳上。世人多嘲弄,谁又解其中意味。

地铁沿路放下一个个归家的期待,进入北碚地段时乘客愈发鲜少,车厢里剩下很多空位,列车就像一条空腹的曲鳝向海的终点疾速滑去。

云雾起伏,江水在轨道下缓慢流淌。钟摆一样固定的节奏里,宇宙经纬分明,交错编织。我昏昏欲睡,进入梦乡。

梦里,自己站在福州起雾的海边,只听见波涛的响声,眼前白茫茫一片。雾色中,海水在身后触碰着礁石,港口忧伤地咬着指头。

小时候,父母常常因为一些鸡毛蒜皮的事情争吵,彼此骂完后就开始冷战,谁也不肯退让一步。我身处其中,像被两只刺猬围剿,经常躲在房间里把被子蒙过头,稀里哗啦哭着。后来我一个人就跑去海边,坐在堤坝上看海。海像一头蓝色而沉默的巨鲸,看着渺小的我,用白色的浪花舔舐着我的脚尖。

也曾在台风天去海边看海,光着脚在沙滩上跑起来,大浪滔天,风吹起头发,吹响在耳边。自己的身体轻得仿佛能够御风飞翔,世界模糊着、荒废着、虚无着。我只能感受到沁人心脾的风雨鼓点似的敲打着盛夏经年,白色的衬衣被吹得鼓胀鼓胀,雨伞掉了,也不在乎。

那天在新北野柳海边,海边起雾,来看"女王头"礁岩的游人比起平日少去大半。眼前的海,便像极了自己那一片年少多雾的海。在西奥·安哲罗普洛斯的电影《永恒与一日》中,有一场迷人的戏在海边。手风琴的声音飘来,亚历山大看见妻子和过去一样美丽,身穿连衣裙,脚下是白色凉鞋。在海边,他们两个一起跳舞。可最后,亚历山大发现自己只是沉浸在想象中,妻子早已离世。巴尔干半岛,雾蒙蒙一片。

"明天有多远?你说永远或只是一天。"

海浪拍击着沿岸,有人要告别,有人要回家。或许只有海保存着所有的惋惜与后悔,永远的理想与叹息。我们都有潮水一样的孤独,在徒劳无功中反复。

这些天,冷空气不断南下,衬衫和旧毛衣无法驱赶房间里的寒意。我躲进棉被所包裹的世界里,把安哲罗普洛斯的另一部电影《雾中风景》找出来看。一直都对影片的开始和结尾印象深刻。

在希腊的一间房子里,姐姐伍拉在黑暗中为弟弟亚历山大朗读起《圣经·创世记》:"一开始有些混沌,后来就有了光,然后光和黑暗就分开了……"母亲突然推门进来,光线沿着被推开的门缝洒进来，驱散着黑暗。随后，伍拉和亚历山大开始了前往德国的寻父之旅。影片末尾，幼小的两个孩子在经历了现实的不堪和残忍后终于来到了梦想中的世界。但眼前大雾困住了他们，伍拉呼唤着弟弟亚历山大。这时换作亚历山大朗读《圣经·创世记》："一开始有些混沌，后来就有了光，然后光和黑暗就分开了……"

在清澈的童声中，大雾渐散，一棵大树出现在地平线上。两个孩子奔跑过去，紧紧抱住了它，像回到了家园。

很多时候，繁冗而单调的现实像一条铁链拴住自己，并被看不见的那端牵着往前走。

我并不知道未来的自己会变成什么样的人，去往何方，跟谁在一起，过怎样的生活。我在雾中停下了前行的脚踝，四下茫茫，整个世界能感知到的只有自己的身体，过往与将来的岁月都在虚无中，没了踪影。

抽象的生活是一座迷宫，待久了易消耗自身，而失去对人生的具体想象。

懂得这些时，我们的手脚往往已显笨拙，惊呼世界虚假的一面对人的麻痹，并不可取。但时间还有它宽容的一面，允许你我在偃旗息鼓前，奋力一搏，重拾河山。

要冲破一场接一场大雾的围困，才有认识自己的可能。这条路，谁也无法逃脱。

换季

无论季节如何流逝,更替,这个世界上总是有人生病。

——题记

1

挖土机在春天取代燕子呢喃,发出轰鸣声响,推倒乡村的五官。

活在昨日的田野、山林和果实皆已去世,它们葬于文明的废墟底下,像亲人呼喊着他的名字。

他坐在昏暗的瓦房里,陪一盏濒临失明的钨丝灯猜度彼此死亡的期限。墙上的裂缝绘制出丛生的纹络,模拟他脸上的河谷。他身形渐瘦,如竹签,剔着暗夜的余烬。

他叹息，抽烟，咳嗽。在风湿的双腿中，骨髓被时间的蛀虫分食。他用粗劣的尼古丁填埋，痛，仍旧痛着。

在这春天，在这永不再来的夜晚，隐去的星群是大地所有过去集合起来的告别，月球是短路的吊灯、一个关闭的路口。

他的年龄、姓氏、祖籍跟烟灰一起撒在发黄的纸面上，一个火星燃起，烧了。

一粒豆子在水泥中关上最后的门，凝固，成为一桩缄默的故事。迟归的群鸟把家园背在身上，口音被强行安在远方的树梢。孱弱的小屋，摇摇晃晃，像一枚果实，要落了。

世界像个死去的情人，曾经被他一人所有。他爱万物，如自己的子嗣。如今，村庄在咳血，灵魂被驱赶，安宁被打碎，孤独和流亡淹没大地，夺走他发声的喉咙和要崩塌的家。

他老了，同所有拥有"农民"身份的老人一道，被遗忘，被抛弃。

他捡拾儿女离开村庄那天决绝的目光，怀念妻子按在自己风湿双腿上的那双手。春寒料峭，他不停抽搐，像一头即刻被时间屠杀的牲畜。

放眼四下，空荡荡的家，寂寞回声响亮。他贴满膏药，握紧睡眠，一个艰难的翻身，白色的动静，只有风知道。

夜是倒空真相的麻袋。

他睁开眼又闭上眼,似已服从来自暗处的口令。

转瞬即逝的灯火,无法回来的昨天,风带走一切。万物归于一截截空白。

他像一件停摆的挂钟,骨头被岁月梳坏。

夜是一个巨大的胃,正消化着他。

2

太阳作为暴君,吸取他体内的海。

他置身高处,却仍旧没有改变自己奴隶的身份。

脚手架紧紧与他相连,仿佛一对孪生兄弟。

天空万里无云,也不蔚蓝,灰扑扑,像落满尘埃的白色桌面,并作为他生存的背景,时刻提醒他的渺小:出卖体力,城市的佣人,不被记住的名字,一张薄薄的暂居证。

护城河保持病态的抒情,钢筋水泥和绳索发挥物件的属性,不带同情成分。他不断上升下降,不断靠近光辉又被光辉疏远,在失语的地盘努力寻找流浪的喉咙和人形,未果,无法确认自己的存在。

大厦和高架桥使地面扭曲升高,城中村像患病的儿童想要水喝,房地产商把眼睛安在天上,还贷者被银行的验钞机吸入肺中,人们睡在一座座巨大崭新的石碑里,失眠,被烘烤,像熔化的泡沫板上失血的虱子。

他想起故乡,一个此刻只能作为风背在身上的地方。盛夏如火的凤凰花,跟天边的火烧云一样瑰丽,印在节气谱上:芒种、小暑、大暑……

日月星辰像虚假的布景罩在他头顶,出租车撅着屁股放出一路尾气,卫星城区如地雷埋在四方,地平线被倾倒在更远的地方。

城市被改造成一座座迷宫。

故乡,千里万里外出生的地方,泥土与稻香遍布的故乡,无数等候和牵挂的故乡,他的或别人的故乡,此刻,正像一匹匹马倒下。

他的眼睛被突然袭来的风沙吹疼,急忙降落地面。

在学校受气的儿子跑到工地,嘟囔一句:

"吃了十几年这个城市的老冰棍,为什么却不是这城市的主人……"

他隐忍许久的眼眶,瞬间红了。手一抹,望望远方,没有回去的路。

故乡是一方废弃的旧址,乡愁是他一生的病。

3

时间垂钓完睡眠的鱼群,他醒来,自动进入城市的节奏:

牙刷与牙齿的问候,剃须刀和胡子的战斗,早间新闻对这世界美好的陈词,都是昨天相同的副本。他如机器,吞完桌上的牛奶、面包,匆匆出门,更大的空倒在社会的餐盘中。

中年女人涌入超市,喧嚣的空间像剧烈抖动的蚊蝇腹部。公交车仿佛时间推来的棺木,被无数双脚塌出未来的裂缝。

在城市深藏的脉络里,地铁是一串流脓的伤口,在指定的时间吐出浓稠的黏液,流淌到地面,绽放出黑色花朵。

人们穿长袖,围围脖,携带手机、菜篮、书包、公文包,覆盖车站、地铁站、码头和机场。

他混迹其中,戳光烟蒂上的灰,出卖指纹和笑容,挤进电梯来到高大积木顶部,站在一个角落里端正衣领,摆弄发型。镜子是一个哑巴,看着一个傻瓜。

他迈进一扇灰色的门,开始提线木偶的演出:

思维被文件绑架,四肢被领导租用,脊背被椅子奴役。

电脑显示屏像巨大机关枪口,对他扫射。他呆滞如一头骆驼。

落地窗外,飞机笨拙掠过,两边机翼像刀子割过他腋下,他不觉疼痛。

积木底下,割草机轰隆隆踏过的草地,如易感冒儿童裸露的黑色头皮。

夕阳憋红脸,坠落一刻,车胎泄气,天黑下来。

公交车站在那儿,红绿灯在那儿,地铁站在那儿,安检输送带在那儿,日渐深邃的秋天在那儿。

经历过太多大楼、街衢、盖章、刷卡、无线电信号殖民,他渐渐丢失自己的面孔,丧失自己的身体。

红尘拥挤,他被黑色挤着,成为黑色。

他是穿着皮囊的机器、数据、纸片,被时间挖出一个又一个的洞,埋进一个又一个的炸弹:

嘀嗒——

嘀嗒——

4

超声波、X 光线像蜘蛛布下隐匿的网。

她盯着墙面、天花板，选择一种绝望的姿势躺下，想象自己被放置于烧烤架上，被各种光源当成一块弃肉啃咬。

子母无影灯亮起，三号、四号、七号手术刀，游刃有余进入她的身体。

她像看着别处的牲口或果实被取走信仰，毫无痛感。

麻醉中，有另外一种耳朵能听见医院里轮子推移的声响，积累的路程略等于从生到死的长度。

某种情绪像心电监护仪呈现的图形，上下颠簸后被时间拉成一条将到站的水平线。

病房静谧，如鬼魅。

她和疼痛一并躺下，目送未成型的婴儿如血淋淋的樱桃，被丢入桶中，烂在一段感情惨痛的结局里。

贪欢后的女娲在悔恨中呈现蛇蝎漠然的面目。

冰冷和着血块，瘫软，又硬化。

疼痛如兵，攻占她残破的宫殿，她的王死了，她的爱被火烧，世事成灰。

北风从窗外闯进，扫荡着病房。

冬雷一声巨响，像爆破的热水壶，她在废弃的水银里窥见自己无法修复的伤痕，如壑，似谷。雨声和婴儿的啼哭在她耳蜗上盘旋，她被风推至山崖。

轰——

她惊醒，汗湿的掌心，像蘸满了羊水，一辈子也无法洗掉污迹。

她摁掉脸上那颗巨大的眼泪，医院沉默无声，没有一个人看她，世界都空了。

终于撑不住了，她灭火似的使劲哭着。

冬天过去以后，女人关于春天和未来的杯盏，也是空的，只回荡一句：

"妈妈，妈妈……"

她恨爱情让她得上一生顽疾。

后记：本文为第十七届全国新概念作文大赛现场复赛一等奖获奖作品，收录本书，纪念曾经在上海巨鹿路冷冬握笔逐梦的时光。

雪城

一座雪做的城。

躲在岁月最严寒的冬天里,寒冷纷纷停留于此。雪不断堆积,白色的城越来越高,像一个正在长大的巨人。树,挂满了冰凌,河,冻成了镜子,再也看不到一只大鸟在此栖居,只留下鸽子或者小小的麻雀,作为日子的门徒。

我站在城门下,用尚且温暖的手,叩响了冰冷紧锁的门,咚咚咚,大地也跟着微颤,城门开了。雪花迎面而来,五瓣的,六瓣的,仿佛一层薄薄的水晶,又如离人含在眼角的泪,纷纷飘下来。无论墙壁,还是门窗,什么都不可以拒绝它温柔的吻,沿着台阶一层一层吻下去,小小的吻簌簌地落着,湮没了街衢和广场,虽然那些吻,那么冷。这座城里,终年不见草长,只有雪落,漫天漫地,附着在屋瓦和楼阁之上,开成一股股白色的寒流,在风中流窜。

躲在岁月里最严寒的冬天，掩埋了众多的喧嚣，世界安静，像睡在摇篮里的婴儿。没有过多行人的脚步，没有太阳清晰的脸，只有雪在飘，只有冰棱在兴奋地生长，像无数白色的翅膀或者花朵，飞在空中，开在树上。而今就在城的高处建造出了冰棱勾勒的群落，雪线一般的气根漫空游走，把石塔和剧场覆盖起来，洁白的，细密的，蜘蛛网式地织满了哥特式教堂的顶尖和钢筋水泥筑成的楼宇。冰冷的气根附着在上面，像有了生命的藤蔓植物，迅速攀缘、蔓延、发育，疯一般发育、生长，沥青路面和楼道方砖上铺了一层新的寒。

这座城，并非空无一人，至少我会看见老人们从街道上缓慢走过的身影，苍老的脸上，那一道道深刻的皱纹被雪给填满，花白的发丝染着一层银。我不敢走上前把行走中的老人喊住，向他们询问有关这座城的历史或者它的故事。我只想看着这些活着的历史渐渐离去，而无意去打扰那些剩余的生命。对于老人，时间每刻每秒都是那么宝贵。老人走远了，风把背影吹冷。

在积雪上徘徊，我只听到脚下不断发出踩面粉的声音，只看到雪，满世界的雪以及苍老。但我无法见到一个青年，一个和我同龄的青年，他们去哪儿了？这座城，因漫长的寂寞而被人厌弃？是因冰雪的常年定居？是因没有生命的光？青年们逃离而去，不再回首，他们要去找自己所定义的新天地，比这温暖，比这有生机。没有一个青年会让自己沸腾的岁月冰封于此，成为雪柱或者移动的雪人，立在途中，当成逐渐年老的标记，为后人引路。他们厌弃自己的出生地和这座城的历史。走出落雪的城，他们就能找到春天的新城了吗？走出落雪的城，他们拍尽身上的雪，脱下厚实的衣，那么绝决，仿佛城中的墙或者路原本便不是为他们所架设，仿佛这座城原本便没有他们所要继承的魂灵，但行走在物欲横流的新世界，他们却遗忘了雪的干净和雪能湮没肮脏罪恶的威力。

再也看不到草长，只是雪落，大雪吞没了道路，如时间的白骨堆砌成墙，或者堆满城的每处角落，每个细小的缝隙里都镶嵌着白。连绵起伏，白色的小山，像风中抽动的稿纸，上面虽然没有落下一个铅字，但在历史往复叠印的过程中。这张稿纸也只能用广阔的空白去收纳记忆，以至于在梦中，你无法说出有关这座城的色彩，因为它只是一片空白。在这种空白中，你无法翕唇呼吸，它太冷了。

木屑在炉子里痛快地烧着，从窗口流出的光，成为这座城唯一的暖色。墙壁上有淡淡的字迹或者裂痕被雪收藏，我小心地用手将雪如鳞片般剥落，一层一层稀薄，然后看到了墙体，斑驳如同线装诗集，时间徜徉而过，砖红或焦黑的漆，掉落。当世界的色彩只容得下大部分纯粹的白时，苔藓也厌弃白色的专制而不愿在此留下一抹浅绿，所以城的任何一面墙上都未生苔痕。单调的情趣，只有冬会不知疲倦地欣赏。

在雪城，草木都是稀罕的，要说说这里的松，经历了太多风雪而从未离开，一生中只选择站立的姿态，是人间那一种坚定信仰的具象。积雪堆压下的红松，以将士的姿态戍守于街道两侧，日日夜夜，岁岁年年，都忘却了自己生命的疲倦。你或许看不到松的根，你所能看到的只是大地的素裹银装，但这无妨松的生长，它们长出坚硬的叶去与风雪对话，高昂的头颅总在仰视高空，它们潜伏在雪地下的根，不断伸向地心的太阳。这样的松，任何一首赞美诗在它面前都显得苍白，就像终日落下的雪，松已经看得生厌。

在雪城，历史是一部被封住的名册，太厚了，折叠起来应是一座巨大的丘陵。上面标注的死者或者灭绝的事物，你无法抽出他们的名称，一旦抽动，整座丘陵便会颤抖，如手风琴的叠页被拉开，骇然之声油然而出，松上抖落的雪也会大片大片簌簌将你深埋。而你，也便成了不在名册之内的无数个名字之中的一个，悄然在雪中被历史遗漏。

雪城的任何细节，都在雪中呼吸、发声，传递爱与希望的讯息。

我走出，又走入，一座雪做的城。

后记：再去翻寻久远往日习作，所剩无几，还能找到这篇高中时所写的随笔作品，是一份惊喜，收录本书，作为纪念。

第三辑
少年仲夏

年少的水花永远荡漾

住在声音里的彼得·潘

走廊上的时光

再见夏天,再见少年

向前跑,冥王星

光辉岁月

只能送你到这里

千百个少年,千百个明天

年少的水花永远荡漾

高二那年，我因肥胖问题总被我爸嘲笑。"别人读书越读越瘦，你倒好，越读越胖。"其实我知道他的言下之意，是在说我学习偷懒，没有努力付出。

那是我人生中一段尤为灰暗的日子，在高考决定未来的口号下，每个人都在绞尽脑汁学习着。十七岁的自己似乎整天都在暗夜行路，用非常难看的姿态匍匐向前，偶尔停下，像条狗喘着气，对这世界无力反击，不断妥协，不断承受，只能任由身上的怨气悄悄沉淀为体重，作为一种反抗的方式。

但为了不让我爸继续用语言攻击我，我决定减肥。

我本想选择跑步，可那时是夏天，出门还没走几步路就大汗淋漓。我不喜欢流汗时全身咸湿的感觉，自己好像成了一条咸鱼在日光下被人翻晒。我想了想有什么运动是流汗时自己也不会察觉到的呢，好像也只有游泳了。

我找到一个游泳池，在学校后门往北六百米左右的地方，四周被树木环抱，显得较为隐蔽。如果不是当地人，一般找不到这儿来。游泳池大概是上世纪九十年代所建，装修很简单，露天，只用矮墙和铁栏杆围起来，因为收费便宜的缘故，也没见有小孩子为了逃票而爬墙进去。为了躲避众人的目光，我会选择午饭后人少的时候来这里游泳。

当我面对空荡荡的游泳池时，整个人都异常兴奋，觉得这世界只有自己一个人了，长度三十米的水池瞬间成了一片专属于我的海洋，我可以尽情在里面游弋、玩耍。

水面上漂浮着明晃晃的阳光和一两片树叶，突然有张年轻的面孔冒出水面。他站起来，身形瘦削，全身在阳光下显得尤为白净。男孩摘下泳镜，甩了甩头，水面顿时激起无数涟漪。

"怎么突然多了个人？"我被吓到了，用手按着胸口。

"我一直都在这游啊，只是你没看见而已。"他解释道，随后好奇问我，"你为什么半天站在泳池边上，也不下来？"

我没回答他，尴尬地把目光转到别处，之后跳进水中，水花四处迸溅，像落进一块巨石似的。

"你是不是不会游啊，要不我教你吧？"他见我一直在水里进行"狗刨"，不禁笑起来，但很快止住笑声，看着我。

我很羡慕像他那样的男孩，有清秀的面容和矫捷的身姿，在午后的游泳池里如光一般闪耀，而我如此平凡、笨拙。我没吱声，不敢看他，拉下额头的泳镜，把头埋进水中。他这时游到了我身旁，我透过泳镜，看到他在水里朝我微笑。他应该是个好人，我在心里对自己说。

之后，我便跟阿明成了朋友，每回来这里，他都会耐心教我游泳。

我一直是个缓慢成长的人，学什么都慢，大概是一周后，我才学会真正的游泳。

那天，阿明像平常一样站在水中，用手托着我在水面漂浮的身体。也许是怕辜负他的好意，我努力按照他说的做，四肢有节奏地划水，摊开又收拢，聚精会神目视着前方。阿明在旁边继续托着我，不到十秒钟，他突然松开了手，然后站在远处，看着我往前游去，他在后头大声冲我喊着："对，就是这样！你会了！你会了！"随后阿明也从后面游上来，追赶着我。

水池粼粼发光，一切恐惧就在一个瞬间消解。我一下子觉得水中的自己，是在跟随海上的鸥鸟一起扑打着双翅，我们向着远天飞去，向着未来飞去。夏天的游泳池就是一片海，那么辽阔，那么美。原来在这世上，人最大的敌人真的就是自己。

阿明告诉我，这个泳池最早是他爸带他来的，那时阿明还是个怕水的小男孩，他爸用尽各种招数诱他下水，都无果，最后只能来个狠招，把五岁的小家伙推到水里。阿明一直哭着，喝了一肚子的水。从那天起，阿明摆脱了对水的惧怕。之后他渐渐长大，一旦碰到难过的事情或者压力大的时候，他都一个人来这里游一会儿，把事情想明白了就回去。但有些事他永远也想不明白，比如大人的情感世界。

"曾经明明那么喜欢彼此，为什么现在看到对方就像仇人一样？"每次讲起他父母的感情矛盾，他就有些忧郁，眼睛里装满蓝色的海水。

我无法对他说什么，只能在一旁静静倾听。有时见他在泳池边上长久发呆，就故意朝他拍水，拉他下水。我们在水里扑腾、玩闹，真想让溅起的水花冲刷掉身上太多的烦恼与无奈。我们还这么年轻，为什么现实要在我们的泳池里注入这么多悲伤的液体。

高考结束后的六月中旬，阿明的父母离婚了，他像一颗弹珠被弹进了一个很深的洞中。我见到他时，他已经不像过去那样喜欢跟人说话了，当初那个在泳池里带光的少年渐渐熄灭了自己身上的光。当我听到他说自己不久后要跟着他妈妈去国外生活时，心里有个角落颤动了一下，"要走了"三个字，简简单单，却又在我们十八岁到来的夏天里惊天动地。

我望着阿明尚还留有一丝光亮的瞳孔，很想拥抱他，也想安慰他，但我忍住了，迟迟没有行动。他似乎看出来了，嘴角瞬间露出从前那样的笑容，跟我说："时间很奇妙，一切烦恼都会过去的，我们能做的就是等待。"我知道此时的阿明已经有了一颗成熟的心。

我们最后一次来游泳池，是七月下旬，我拼尽力气拿到了一所北方大学的录取通知书，而高考成绩不佳的阿明已办好所有手续准备出国。我们傍晚时相约来到这里，却看见门前一张泳池整修的通知。两个人非常扫兴，耷拉着脑袋。我正准备往回走，阿明在身后叫住了我："别走，我有办法，快过来！"我转过身去，看见阿明已经溜到泳池的外墙边上。他高兴地朝我挥手，示意我可以爬墙进去。

"里边没人，水池里还有水，我们可以游！"他嘴角狡黠一笑，迅即蹬腿上墙，握住栏杆攀爬，身手非常敏捷，即将翻身时他停住，看着底下的我，轻轻问："你怕吗？"我抬头望着眼中的少年，回答："你在，我怎么会怕。"说完，两个人一时间都笑起来，那片笑声也点亮了从前的夏天。

顺利爬进墙内后，阿明提议要跟我好好地比一下，究竟谁游得快。我欣然答应。我们站在泳池边上，做好热身后，便一起潜入水中。

起初我和阿明一样匀速向前，随后我耍起小聪明，加快了四肢划动的节奏，往前冲去，阿明被我甩到后方，我很得意，但不久后身子就不听使唤了，我全身有些无力，逐渐瘫软。这时阿明加速了，很快赶超了我。我可不想前功尽弃，就憋着一股气，拖着酸痛的身体，拼命摆动手臂。阿明别过头来，对我喊："坚持，坚持下去，就要到了，快了！"

不知从哪一秒开始，全身肌肉的痛楚突然就无知无觉了，我开始游得分外轻松。而游在前头的阿明也不知是不是故意放慢了速度，不一会儿，我就跟他处于相同的位置。我们都使尽全力往终点冲去。"到了！"伴着阿明一句激动的叫喊，我们一同伸手触壁。两个人高兴极了，像小孩子那样拍击着水面，往彼此身上泼水。我一个转身，钻到水下，闭着眼睛，依然能感觉到太阳正在隐退的踪影、光和云朵的浮动，还有海风、白鸟、灯塔、礁石、浪花，它们都在我的脑中像鱼一样跃动，一切的黑暗正逐渐被我们穿越。

那一年的盛夏漫长得似乎永无尽头，我们忍受着所有的寂寞，忍耐了所有的不愉快，在梦与现实交汇的地方寻找出口。那些自卑、沮丧、委屈，如同游泳途中呛到的水花，最终都被自己以成长的名义通通吞咽下去。为了抵达彼岸，我们挨过最艰难的时刻，奋力向前游去，心中都坚信当指尖触壁的一瞬间，自己一定会无比强大。

那年夏天过去后，我瘦了一圈，我爸没再像曾经那样嘲笑我。我站在镜子前，仔仔细细打量了一遍自己：衣服穿在身上变得十分宽松，双手叉在腰上，发现腰线也有了弧度，胸口很结实，能见到略显方形的轮廓。我以为自己会为这一年多的努力而感动得哭起来，最后也只是平静面对自己，莞尔一笑，不禁想起了这一路陪伴在自己身旁的朋友阿明。

之后的夏天，我没有再见到阿明。曾经和他一起待过的游泳池也因城市建设而被拆除了，有几次透过围墙缝隙往里看，池内已干涸，池底落着厚厚一层尘土，上面还长着荒草，我们的年华就这样布满了锈色。

我想念那些日光耀眼的日子，世界在蓝白色彩间晃动，炎热却不沉闷的午后，瘦削的少年们潜进水中，摆动着他们轻盈的身躯，用水来保护自己，用水来挡开水。

蝉鸣无休无止，温度三十五六，年少的水花永远荡漾。

住在声音里的彼得·潘

你见过天将破晓时半明半暗的曙色吗？我见过。

在高一那年的冬天里，冷风刮着宿舍楼道，有未被关上的窗户在风中呼呼作响。楼道上除了我，没有别人的身影。我对着清晨严寒的空气，念着《哈姆雷特》中的一段台词。这是我进行的第十五遍练习。下午的时候，学校的话剧社将进行演员选拔，我喜欢的人也会参加。

我期待自己和对方都能被选中，最后登上舞台，让镁光灯照亮我们，让底下的人都能看到我们的表演，祝福我们。

这些念头成为那段时期我心脏跳动的全部意义。我忍受寒冷和孤独，任面颊通红，声带不断受到磨损，依然矫揉造作地念着书中台词。我告诉自己千万要加油，才能穿越人海自信地站在她的面前，望向她瞳中的银河。

但很快，现实将我拒于门外，而她进了门里，正跟被选出的男主角一道排演。我无法忘记自己在发出第一个音的时候，话剧社社长将我打断的场景，他带着笑，跟我说："你不适合，你的声线只能演小孩子，哈姆雷特这样历经沧桑的角色，需要成熟的音色。"他一语落地，围了一圈的众人都不禁跟着笑。我脸上像挨了巴掌一样疼，我低着头，从人群中走出，走到学校的一处角落，见无人，便哭起来，胃都在跟着抽搐。

我留恋青春期抵达前的所有时光，在没有特别区分性别的岁月里，我可以大胆牵着女孩子的手做游戏，可以穿着姐姐的"恨天高"在家附近神气地晃荡，可以偷偷拿妈妈的口红在脸上乱涂乱画。当然，我的声音在那时没有人会觉得有问题，相反，我还嘲笑某些提前发育的男孩子声线沙哑，像鸭子嘎嘎叫。

到了五年级，因为声带比一般男孩子细，发出的声音格外清亮，再加上学习好，各科老师都很喜欢我。语文老师把我推荐到学校广播站去，我成了唯一一个男生播音员。在这样的地方，我很快找到了声音带来的快乐。我模仿电视主持人，挤出情感拿腔拿调朗读各种文章，有时捏着嗓子，有时又故作低沉，完全沉浸在自我声线构成的世界里。这样的播音生活一直延续到了初三，没有接到任何投诉，相反，还得到众多人的赏识、表扬。

但在中考前的一次播音结束后，我突然意识到自己声音的问题。那天我像往常一样走进学校广播室，按下话筒，朗读了一篇亲情文章：一个母亲辛苦养育孩子，到了一定岁数后，被生活折磨得疯了，受到村子里孩子的欺凌，儿子回来见到，不禁抱住母亲大声痛哭。我读着读着，自己的眼泪都要湿透桌上的广播稿了。心想教室里一定会有人为此痛哭流涕，晚饭都没法咽下，想到这里，心中竟很有成就感。

我愉快地结束播音，出来时，见到两个男生在一旁，一边看我，一边嘴边相互嘟囔。"看到了吧，是个男的，刚刚那篇文章就是他读的。""真的吗？可是我真的不敢相信他声音是那样的。""你自己也看到了，从广播站出来的没有其他人了，你输了，必须请我吃饭！"原来他们是拿我的声音打赌，我觉得自己像受到了一种羞辱，便难堪地走掉了。

那个晚上，我没再开口说话，一个人绕着操场跑了很多圈，双手撑着膝盖气喘吁吁。周围有人跑过，我怕自己喘气的声音被他们听见，使劲儿憋着。

之后，我愈发觉得自己是被上帝遗忘的孩子，他忘了塑造我的声线，让它还停留在昨天。我开始越来越不敢开口跟别人说话，怕他们窃窃私语，怕他们嘲笑我，内心的门窗逐渐被锁住，越来越紧。

直到上高一的时候，见到同学L，一个喜欢朗读课文的女生，声线温柔甜美。每次她一念字句,感觉海风都吹来了,我们正坐在甲板上,在大海中央摇晃。她想去演话剧,我便想跟着。谁知结果不尽人意,我沮丧极了,躲入一个角落里,灭火似的哭起来。

后来我遇见G,他专门从话剧社跑出来找我,见我在哭,便跟我说:"你声音很好听,非常干净,我个人很喜欢,想找你去广播站播音,不知道可以吗?"我原本都放弃了当播音员的想法,没想到G的出现给我带来了绝望中的一丝慰藉。我想出一口气,对着话筒大声喊出自己的名字,让那些否定过自己的人听见,我需要让人知道自己并没有被他们的目光和嘲笑击垮,我重新活过来了。于是我擦干眼泪,对G点了点头。

G长相清秀,额前微长的刘海被风吹开。他仿佛周身带着光,一笑,岁月就明亮起来。

庆幸自己黯淡难过的时光有了G的陪伴。他的声音好我太多,声线有些少年老成的沧桑,是我满怀期待长大后能拥有的音色。他吉他弹得很棒,每次班级表演节目时总少不了他的身影。G喜欢唱民谣,最擅长的是宋冬野的歌,一首《安河桥》赚取了太多人的眼泪和赞美。

进入高中广播站一段日子后,我深知自己播音水平非常一般,但G总在鼓励我,理解我。他说我的嗓音清亮,像周深、吴青峰。"不要刻意压低声线,隐藏自己身上的独特性,那正是我们记住你的地方。"我永远忘不了在一次播音结束后，他对我说的这段话，像穿越人海的星光落在我的肩上。

如今，我的同龄人都已陷入生活的泥沼里，被俗世灌入太多的烟火气，模样出落得像他们曾经的父亲母亲，说起话来，庸俗、粗砺，声音再不如昨。但我还如年少般单纯、青涩。从前厌恶过的声音成了讲台下的学生喜欢自己的一个原因，读者能在我写下的篇章里寻得少年心性，多半也是自己年少的声音不曾遗失的缘故，我在这如光似的声线中轻易就返回了过去，拾取种种。

昨天，声音让我变得孤独，此刻，声音使我变得独特。我感谢生命长途中给予我光亮的G。

忍耐一切的嘲讽，承受一切的目光，伤心也好，失落也罢，就当作这世界为我们所织的长衫，披在身上，前行。等时间的魔术师将身旁所有人都变成一样时，我们就是辽阔宇宙中与众不同的行星，一颗颗都分外璀璨。

你见过彼得·潘吗？来自苏格兰作家詹姆斯·马修·巴利笔下的一个人物，是个会飞的野男孩，带着有梦的少年们在永无岛上冒险。他无忧无虑，天真如昨，永远都长不大。

如果你没有见过他，没事，你可以听听我的声音，他一直住在我的声音里。

走廊上的时光

我记得那些年自己走过的走廊,漫长,回环,曲折,鞋底踩在大理石铺就的地板上,能清晰地听到掷地有声的回响。每一声都像在问候,又仿佛在告别,与我说着成长路上的再见。

在外公工作过的小学走廊边上,有一排槐树。秋风起时,槐花纷飞,如蝴蝶在空中舞蹈。许多花瓣都落在走廊的石阶上,仿佛它们都睡着了,铺着一层梦。那年我五岁,常跑去看外公。午后,走廊上没有人走动,四周格外静,外公拖了一下地板,把竹席铺在地上。竹席有些小,不足两人平躺,外公便侧身躺着,守着我,看我在微醺的风中逐渐入眠,槐花在一旁悄悄落着,像是时间小声念起的诗。

旧家附近有座戏院,幼时母亲总爱拉我去看戏。今天一出《天鹅宴》,明天一折《丹青魂》,都是沾着岁月风霜的经典闽剧,母亲看得不亦乐乎，而我因年纪尚小，看不懂世间悲喜离愁，趁她不注意，我就溜到戏院走廊上玩耍。门外扑来一股香气，是天黑后乡亲摆出的小吃摊位，有刚下锅的汤圆，有从卤汁里捞出的鸡杂，这边听着煎牡蛎饼滋滋作响的油锅，那边飘过来一阵焦糖味，是在炒板栗。种种香气把我围住，我迈不开步子，嘴里都是泉涌似的津液。时间一长，这些飘满走廊的味道，于我而言，是熟悉的朋友，缓解着一个男孩的孤独。

中考前有一段日子，我很焦虑，整个人像爬在热锅上的蚂蚁。放学后，我一个人登上故乡的古城楼，沿着某一段斑驳走廊反反复复踱步。傍晚夕阳斜，有几声归鸟鸣啼传来，有几片残红云霞飘来，显出几分凄凉。父亲刚刚做完工下山，骑着自行车，打远处就望见我拓在城楼上孤楚的身影，他像阵风抵达城楼脚下，喊着我："快下来，带你回家！"我立刻从恍惚中醒过神来，飞奔至楼下，坐到父亲自行车后座上，环抱着他厚实的腰身。他话语轻柔，如晚风，问："好受点了吗？"我没回答，只是把父亲抱得更紧了。那一刹那，总记得父亲与那条古城楼上的走廊那么相像，带给我微光，带给我安慰。

高中学校的走廊承载了我青春里最漫长的一段光阴。在那里，我见过清晨远天的日出，看过深夜从指尖滑落的星辰。忘不了独自坐在冬夜走廊上背书的场景，冰冷如透明的植物从地下长出，钻进我的身体里，寒意贯穿着每一根骨头。

那时陪我走过幽深冰冷年岁的人是 H。他是个很单纯的男孩，留着寸头，眼睛里总是充满了光。我们相互背诵，讨论学校和考试种种内容，有时也涉及自己喜欢的电影、音乐。我的口语不标准，偶尔从嘴巴里蹦出一个发音奇怪的单词，H 就会乐不可支。而我也时常取笑他背错历史朝代和君王。我们在彼此身上寻找寂寞时光中的快乐，两个人始终"势均力敌"。

走廊通透，大风时常刮过，我们站在风里，开怀大笑，又长久静默。四季的虫鸣、云霞、星空都一道目送着两个少年远去的十五岁、十六岁、十七岁。我们拼尽全力，守望一个新的世界到来。

十八岁到来的时候，我们结束了高考，我和 H 在昔日奋斗过的走廊上相遇。记得离开的时候，我们脸上都有复杂的表情，谁都绷着，直到背过身去，彼此都绷不住了，抽泣起来。但终究没再回头，让对方瞥见自己的难过与不舍。

走廊上似乎还有昨日的少年在追逐嬉闹，又聊着课间常听的那些话，关于成绩、理想、喜欢的球星、最近看的动漫，趁对方不留神的时候悄悄说了自己的暗恋。像一颗一颗的雨滴落进井水里，下一秒的工夫便不见了踪影，雨过天晴，四季流转，总有新人来，代替旧人笑。

我有些难受，步履蹒跚走向走廊尽头，似乎有一扇落地窗竖在跟前，我穿过它。游离于四处的光线一瞬间都聚集起来，像织好的布，擦洗着走廊的每个角落，扶梯上出现了她的手，地板上有他的脚在走，而窗子上也闪现出谁拿着布擦拭的身影。青涩的时光原来不曾消失，那么多的人都还穿着记忆里的旧衣衫，越过万千山河、星辰浩宇，来到我面前。

那些痕迹都还在，只是有些薄，如铺着一层淡淡的纱，但还好，无论风吹得如何凛冽，它都还在那里，如当初一样。

英国作家西蒙·范·布伊曾说："死去的人在别处生活着，穿着我们记忆中的那件衣服。"那些逝去或失去的所有，都会在我们的回忆里站成永恒。

每一段走廊都寄存着我们走过的岁月，铺在记忆中，展示我们的来与去。每一次当我重新走进它们，踏出的步子都是对旧时光的温习，无比怀念，又无限眷恋。在那里走久了，我慢慢成为一个敢于告别的人，向刹那芳华，向逝水曾经，回头一笑。我也逐渐变成一个勇于面对未来努力生活的人，成熟笃定向前，佐以浩瀚无边的坚强。

无论走廊如何曲折、回环反复，也早已与我融为一体，它们的起点是自己，终点也是自己。

那些走廊永远明亮，那些梦中回廊里永远白衣翩然的岁月，美得惊心。

再见夏天,再见少年

毕业以后,感觉四季都像一个季节,日子显得尤为平静,似往深井中扔些沙砾也无涟漪泛起。而故人重逢,是岁月给我们最好的礼物。

跨出大学校门后,我和几个朋友都会选择六月大家都不忙的时候相聚,地点有时选在学校,有时会去海边。有一年,我们约在盛夏的鹭岛。一群人天南海北赶来,拖着行李箱大汗淋漓奔走在厦门街头。大家互看彼此狼狈的模样,一个个笑得像傻瓜。

大厨取笑我们几个大学毕业后迅速发福,脖子都快跟他一样粗了。当初我们给大厨这个绰号,其实是他厨艺真的非常了得。从家常小炒到酒店菜肴,他的锅里总能倒出一盘美味的烟火人间。

会长还是喜欢在跟我们聊天间隙接打一个又一个电话,向对方布置并指挥各项任务。以前他是学校里的志愿者协会、新闻协会、摄影协会的会长，整天都是一副大忙人的模样，我们都不敢轻易找他出来玩。

所有人当中最沉默的依旧是歌手。他喜欢待在一旁看我们插科打诨，听我们说说笑笑。他很少发言，目光中却让人觉得他似乎知晓一切。每当他抱起吉他唱歌，全世界都会为他充满故事的嗓音响起掌声。歌手说，毕业后要去流浪，找点自由回来。

在中山路的一家酒店里，我们吃了晚饭。桌上菜肴是闽南一带特有的味道。我们问大厨菜品如何。他撇撇嘴，说没他平常做的合胃口。这倒是，作为一个西南娃子，从小泡在红油、辣椒、花椒里，没了这些，任何菜都不算是菜了。想起大学时在日租房里，大厨掌勺，要给我们弄一桌好菜。他加了大火，拎起锅翻炒着，辣椒、黄瓜、木耳、萝卜，像孩子在荡秋千一样快乐。可突然间"砰"的一声，把我们吓坏了，赶紧过来看看情况，发现是厨房的通风扇掉下楼了。大厨连忙跑下去，还不忘回头朝我们喊："关火，关火，要煳了！"多年之后，再说起这件事，大厨说他已经忘了，可我们都还帮他记得，偶尔也拿出这段经历在他面前翻炒。

后来的几个夏天，我们这四个人总是无法凑齐，老友欢聚一堂逐渐变成一件奢侈的事情。大厨毕业后回老家一中教书，担任课题组长，放假了也无法休息，三天两头出差调研，尝遍全国各地饭店佳肴。会长通过擅长的公务员考试进入县政府工作，天天加班整理繁琐材料，给领导写各种会议的发言稿。他精明能干，深受上级喜欢，很快就开始指挥别人做事。当然，他自己依然没得清闲。我唯一能见到的，只剩歌手了。这些年，他为了梦想，抱着一把吉他走南闯北，变得沧桑很多。

我跟歌手沿着漫长的海岸线走了一段路。炎夏时节，即便在夜晚的海边漫步，感觉生命仍很焦灼。歌手说他这条路走得十分艰难，能理解他的人很少，但他仍在坚持。"毕竟这是属于我自己的人生，不是他们的。"我听他说着这一句，竟有些热泪盈眶，看着他仍旧少年的眼眸，点点头，说："我理解的。"他苦笑了一下。随后我也忍不住，笑了。

前方的道路依旧漫长，海浪逐渐涌到靠近步道的地方，沿路海鸥将尾音拉得很长，听过去有些凄苦，路灯下照见一些湿漉漉的礁石、树枝、细碎的贝壳，还有不知是谁遗落后也不来寻觅的鞋子。它们安静地躺在这里，像这夜晚熟睡的光阴。

长大是一个不断接受现实风霜而熄灭内心幻想烛焰的过程。曾经以为永不结束的夏天，转眼间，已经一个接着一个过去。

我怀念那些在夜晚的天台上拎着酒瓶子碰撞的声响，我们闻过谁身上好闻的花露水味道，怀念榕树上如被阳光煮沸的声声蝉鸣，男生穿着短裤趿着拖鞋在楼道里奔跑的身影，怀念歌手抱着吉他在操场上为大家唱起《理想》《恋恋风尘》的日子，没有人舍得转身走掉。还有好多关于夏天的记忆,那些悲伤、快乐或者无所适从的时刻,都从摇晃的可乐瓶中随泡沫溢出,丰盈我们的唇部。

六月毕业时,我等到朋友们一一离开后才走,是最后一个关上寝室门的人。我在逐渐空荡下来的校园里晃荡,仿佛在记忆中拾荒。待在宿舍的最后一个晚上,自己躺在床上,怎么睡也睡不着,知道那扇距离床边不到一米的门,等到天亮后我一关上,下回再将它打开的人绝对不再是我们几个。

天花板上有窗外车灯开过投射出的斑驳树影,耳畔有传来一阵行李箱轮子在地上摩擦出的声音,想着应该是一群深夜赶火车或航班的毕业生。那个瞬间,我感觉自己是唯一剩下的人了。孤独,苦涩,过去的时光像不断折叠出的纸飞机,飞走了一架,又叠出一架。可它们再也没有返回起飞的机场。

那个夜晚,我第一次看到天亮的整个过程,由黑色被远方的一缕光划开,世界慢慢变亮。我清晰地听见了自己的呼吸声,有些亢奋,有些期待,是梦想由心底发出的。

那一年,我们对象牙塔外的江湖充满渴盼,觉得一贫如洗却满怀理想的自己很快将成为又酷又有钱的大人,无论未来要面对什么样的处境,都会像期末考试那样逢凶化吉,想要有什么样的结果,最后都会是好的结果。

而时间很快就把真相推到我们面前,我们逐渐在现实世界里尘埃落定。我们曾经因彼此陪伴而形成的节奏，都在一个神秘的时间过后，被破坏殆尽，然后各自构筑新的节奏，不再有默契。自此如一尾鱼从大河之中被捞起放进一处狭小的池中，每个人都成了自己居住的城市中忙碌工作的普通人，为了活着本身，匆匆而沉默地走出夜晚的地铁口。

我开始理解路遥在《平凡的世界》里所说的话："在这个世界上，不是所有合理的和美好的都能按照自己的愿望存在或实现。"

稍微有空时，我一个人会走到家附近的学校逛逛。看到校园宣传板上一排学生的照片，个个面容皎洁，意气风发，没有承受岁月重压的模样，底下是属于他们的荣誉：三好学生、文明标兵、优秀学生干部……我想起多年前的一个下午，学校往宣传橱窗里贴着新一届"荣誉生风采"海报的场景，我刚好路过，瞥见自己的照片正被挂起，瞬间跑远了。那时青涩羞赧的少年，已逐渐消失在风里。

出校门时，正好遇到周末晚上返校自习的学生，即便在漆黑中，他们的面庞也会闪烁出光芒来，看着这么青春的身影，嘻嘻笑笑，打打闹闹，我似乎也回到了那个校徽总是别得歪歪斜斜、见到喜欢的人脸红心跳的十七岁。岁月在那时，面目如此温柔。

记起大学毕业前一天，我和会长在校门口告别的情景。夏日大雨势如破竹落下，会长用手机打了的士到学校，我帮他提行李。他环视四周，告诉我这是他最后一次看这里了，马上就得奔去机场赶回老家参加一场事业单位考试，没办法参加毕业典礼了。

司机在一旁可能等得有些不耐烦，按了一下喇叭。会长苦笑了一下，说："这就是我们以后要面对的生活了。"说完，他钻进车里。我轻轻为他关上车门，并对着车里的他挥了挥手。车启动了，他摇下车窗，又说了声"回头，到我那里玩，别忘了"。他的声音迅速被大雨淋得模糊，车远去了，淹没在阴沉的天色里。

青春只售单程票，我们坐上列车，从一个夏天出发，抵达各自的人生，无法再回头。

不是所有的离别都需用眼泪表示，不是所有的难忘都要用言语说出。那些关于夏天的记忆在人生的天幕中始终发出璀璨的光，像花火在夜空绽放，瞬间天地如白昼，照亮我们爱过的昨天、拥抱过的人。

这是无法再来的青春里永远鲜活的部分。

再见，夏天；再见，一穿白衬衫就起风的少年。

向前跑，冥王星

直到现在，我爸都不敢相信曾经在他跟前连插秧这项农活都不会的我，竟然能站在讲台上，成为一名大学老师。

有好几次要上课时，他都让我跟他视频聊天，他想看看我上课的情景，由于学校规定，我无法在课上接打手机，便拒绝了他。我爸失落得像个没要到礼物的小孩，跟我说："那下次，下次啰。"

为了满足他，我在课间与他进行视频，用手机在教室扫了一圈，有学生冲着镜头笑，我爸在视频里咧着嘴笑，整张脸凑上来，我看见他皱纹又多了不少，随即他挂断通话，打过来四个字："不可思议。"我有些哭笑不得。

说实话，我从小就不是个脑瓜机灵的孩子，我爸经常挂在嘴边的话就是："你必须靠努力才有将来！"因此，他在学习上对我严加管教，想改变我并不被人看好的人生。

平日里不许看电视，放学后必须早点回家做功课，不准把时间花在跟其他孩子玩耍上。我爸很重视我的作息，为了我每天六点能够按时早起，他准备了一根竹鞭，我一旦睡懒觉，我爸就拿着鞭子摸进我房间。如果作业做到很晚，他同样也会拿着鞭子出现在我面前。由于我爸的长期"鞭"策，我的学习成绩一直都位于年级前列，初中时都保持在前十，最后获得保送高中的资格。

上高中后，我开始离开家，寄宿在学校里。身旁没有父母的监督，我获得了从未有过的自由，随心所欲看自己想看的书，写诗，写小说，整个人就像逐渐失去舵盘的船只，在学习的汪洋里失控了。尤其在数学这一门课上，出现严重塌方，不及格成了家常便饭，我从来没有得到高中数学老师的好眼色。

高二那年的家长会，我爸坐在班级最后面，靠近卫生角的座位，拿着我的成绩单，整张脸都涨红了，似乎顷刻间就会爆炸。我在教室外，透过窗户往里看了一眼，旋即背过身，怕与我爸四目交接。散会后，我本想逃走，但转念一想自己又能逃去哪里，我爸就是如来，我怎么也逃脱不了他的五指山，该来的始终都要面对。

当我做好心理准备，闭上眼睛，想着自己要被他揍一顿的时候，双眼微闭间瞧见身体已显臃肿的他奔向我的数学老师，一席话后，他走过来，叹了口气，说："明天就去金老师那里补课吧。"这是我记事起考试考砸后听他说的最轻柔的一次。我想送我爸下楼，他朝我扬起手，示意我直接去教室，不必送。他转过身的一刻，整个人那么疲惫，像一匹有些使不上劲儿的骆驼。他老了。那个瞬间，我心中一片酸涩。

金老师是我们当地数学学科带头人，许多家长都慕名而来，将孩子送到他的补习课堂。他眼窝深陷，人很精瘦，日常肢体动作丰富，说话有些尖酸，尤其是对他眼中反应迟钝的学生。他对自己的课堂非常自信，先让学生前来试听，如果不喜欢就可以走人，上了三堂课之后再缴补习费用。

在第二次补习课要结束的时候，他告诉全班同学下次来的时候把补习费用带来。我是个后知后觉的人，这才意识到自己竟然还不清楚具体费用，找到一个熟识的同学一问，顿时有些傻眼。将近两千的费用或许对城里人来说，不值一提，但对于从农民家庭走出的我而言，却有些雪上加霜。

那个下午，在所有人走后，我一个人还坐在教室里，内心十分焦灼。问家里要钱吗，还是选择离开补习学校？最后自己咬咬牙，选了后者。起身要走前，又看了看金老师所租的这间教室，自己坐过的座位，毕竟在这里上了两次课，说走就走心里也有些愧疚，便走到后排拿起扫把、簸箕做了一次教室卫生。这是我临走时唯一能做的事了。

之后再补习时，整个教室唯独我坐过的座位是空的。夜里，我一个人在街上走着，曾经跟一群同学怕补习迟到而抄近路跑过的巷子此刻空空荡荡。路的另一头通向由废弃幼儿园改建的补习学校，轮廓也逐渐模糊不清，那个世界离我是如此遥远。我不知道该怎样面对今后学习的道路，数学如一堵高耸厚实的墙砌于自己面前，我能越过吗？心中鼓声点点，幽微孱弱。

正当我面对往昔常走的路突然间迈不出一个步子时，我爸打来一通电话。我接起，听他说这阵子家中农事较忙，忘了给我补习费了，问我着不着急，他可以明天就来学校。我鼻子有些酸，哽咽了一声，我爸耳朵那时还很灵敏，瞬间就听出我的不对劲，在电话里忙问怎么回事。我说："爸，我可以不用补习，也能把数学学好的！"他一听这话，大概猜出了我的情况，有点火大，说："你是我儿子，几斤几两我最清楚，是不是补习费比较贵，就想放弃了？只要我跟你妈身体没垮，我们就能一直供你读书，这点钱不算什么！听我的，你要补习，我这两天就上去！"在被夜色围拢而显无助的时刻，听到我爸这么说，心里噗地升起了火光，眼眶不知不觉就红了，哭喊着："爸，你不要来！我已经决定了。你要相信我，相信我可以学好数学，我会努力的！"我爸性子急，脾气犟，原以为自己拗不过他。但那次我爸听我说完后，竟然放低了声音，说："好吧，你自己决定。"人生中第一次感受到他的温柔，我用一只手抚去泪水，坚定地给了他一声"嗯"，挂断了电话。之后我咬咬牙，在微冷的夜中跑起来，像一阵风吹进另一阵风。

星期一上课时，同学告诉我，金老师在我退出补习班后，当着全班人的面数落我，说从没见过像我这样笨的学生，以后肯定考不上大学，考个大专都费力。全班听完一片哄笑。我讨厌金老师的做法，他只盯着我某一科不理想的成绩看，而忽视我在其他科目上的表现。我的政治成绩连续几次全年级第一，语文分数都在130分以上，历史和地理虽不抢眼，但也位于年级前列。他以数学一科的成绩否定了我的所有，让我成了大家的笑话，我感到既难过又愤怒。

夜里，我回到寝室，撕碎了那张放在桌上的补习班缴费表和以前的数学作业本，纸页纷飞，如获自由的白鸟伴着窗外吹来的晚风四散而去，但一部分没能离开这屋子，它们落下，与尘埃同眠。寂静中，我似乎能听见月光爬进来的声音，它踱过地板，蹚过杯中的水，爬到我的眼眶，跳进去，闪出泪光。我第一次发现自己如此要强，要自尊，要所有人的肯定，我不想让人看轻自己，贬低自己。我要证明给他们看！一股强大的力量在心底翻起汹涌波浪，仿佛能击垮体内所有懒惰的细胞。

我开始冷静下来，暂且放下自己的创作，重新面对数学，制订相关计划并严格执行，一条公式一条公式地背，一个几何一个几何地画，一道题一道题地解，忘记之前的无知，忘记昼夜的分界线，像重新遇见一个自己，我相信只要努力付出，再笨拙的人也会有无限可能。长风呼啸中，我如一列火车在暗夜的原野上奔驰着，全力往前，只为没有遗憾地抵达高考这个十八岁的终点站。等我再回首，曾经看似一片废墟的过去，都将变得那么灿烂。

高考前的一次月考，将数学试卷交给监考老师手里的一刻，我舒了口气。几天后，月考排名出来了，我站在公布栏前面心跳得厉害，真想取出这颗心，按住它。我像一只鹅伸长脖子，在长长的名单上找寻自己的姓名。因为有些自卑，我先从以前常待的位置看起。300名，没有，200名，没有，我咽了下口水，鼓足勇气，目光往100名内游去，后50名，没有，我这下把心提到了嗓子眼，目光继续向前，"27，是27！"我抑制不住内心的激动大声喊了出来。身旁站着一些曾经嘲笑过我的人，此刻，我在余光里瞥见他们脸上复杂的神色。我再看一眼这回月考的数学得分，竟然是100分，是我很久没在自己数学试卷上见到的三位数。我对自己笑了一下，便转过身来，从人潮中退出，向着那条通向高考的路步履郑重地走去，它此刻在我面前是如此的明亮。

最后，在六月那两天的盛夏大雨之后，我青春的列车到站了，高考成绩定格在年级第30名。凭着自己的倔强与坚持，没让金老师对我的预言成真。

在这所省一级达标高中里，一个学生没有什么能比自己取得闪亮的成绩更重要，因为所有人都以此看待你，评价你。他们不关心你看了多少村上春树的书，学会了几首外文歌曲，又能够画出怎样不同的世界。

在那些四季匆匆更迭的岁月里，我如同那颗被人从八大行星中除名的冥王星一样，不断被周围的人孤立、忽视、遗忘，自己却仍然在不起眼的角落里绽放出光芒，没有因为任何一个人的否定而放弃自己。

很多年以后回首风雨交加的往昔，我始终感谢那个像极了冥王星的男孩，因为他的不肯低头，因为他的执着证明，眼泪熬至天明终成珍珠。而我捧着这些珍珠，又走过了生命中几段重要的旅程，站在了此刻的讲台上。它们将成为世上最璀璨的星辰，挂于人生的苍穹，照亮我的未来和那些更为年轻的面庞。

光辉岁月

1988年南非黑人领袖曼德拉在被关押15年之久后出狱了,那一年同样追求平等与自由的一支年轻乐队前往访问曼德拉,回来后创作了一首歌来纪念曼德拉伟大而辉煌的一生。这支乐队是Beyong,这首歌就是《光辉岁月》。

歌曲赞颂的并非一个人现时所获得的明艳,而是他为理想及人生意义的实现而奋斗的过程。这其中的焦灼、迷惘、失落、哀戚、困顿,只有歌里的人尤为清楚,不曾在世间路途中乘坐过山车的人无法体会。

如何理解"光辉",往往需要"黑暗"这个词的介入。就像电影《喜剧之王》里,当柳飘飘望着眼前的夜色问尹天仇"前面黑漆漆的,什么也看不到"时,尹天仇眼中盈满星辰,答道:"也不是,天亮后便会很美的。"所有璀璨的时刻,必然伴随着之前无尽的暗淡。这些暗淡里有我们的踌躇不前、郁郁寡欢、无人理解，像黑夜笼罩赶路的你我。

我们被囚禁在黑暗密度最大的容器中，唯有奋力挣脱，才能跳出瓶口，得到寥廓天地，在日月星辰下、在山川湖海中畅快呼吸，洒在每寸皮肤上的光亮，顿觉轻柔而温热。

不会忘记初三时一个忽然停电的夜晚，教室里嘘声一片，之后陷入沉寂。不知是谁率先在黑暗中唱起歌来："钟声响起归家的讯号，在他生命里，仿佛带点唏嘘……"，接着一个又一个的声音在着漆黑的夜中附和着。有人打开手电筒，亮起一束光，照着唱歌的人，照着这片漫长的黑暗，越来越多的手电筒被打开了，随着手摇摆着，绽放出少年时代最亮的光。

在匍匐前往未来的途中，年轻的生命都裹满风尘，在书山学海中满身疲惫，当全班唱响《光辉岁月》的那个瞬间，我感受到一首歌是能与自己的生命状态呼应，而使自己得到力量。这种力量像有一颗迸射着光与热的星球撞进体内，消解身上的种种苦闷。

这是我在一个突然到来的时刻第一次对"光辉岁月"这类词进行认知，此后在漫长的人生行旅中，我也在经历着自己与别人的光辉岁月。看见个体在风雨霜寒中伸展矫健身姿攀爬无奈或绝望的山岩，让一路与汗粒同落下的哀伤浇灌出枝芽，生命的路径得以郁郁葱葱。

我家附近有一对终日吵架的中年夫妻，家中有个孩子，年长我一岁，与我同上一所高中。他喜欢在雨天往窗台上放一排玻璃瓶，水位高低不一，用小木棒敲出歌的旋律。因为离他家较近，我能听到他唱起的歌，发音舒服，节奏连贯，又有起伏，很动听，但往往一首歌只是开了头就被他母亲厉声喝止。紧接着，我望见女人一脚踢开他自制的"乐器"，玻璃被撞碎，像一个孩子死去的梦想。

在焦躁而无趣的家庭环境下，无知的父母剥夺了太多他感受美的权利，他所兴趣的世界正逐渐被摧垮，活得越来越像件静物。几回在路上见他，他都闷声走路，我也有些难过，不知道怎么安慰他。

高考结束的那年夏天，一次午后，我在街边游荡，听见背后有人叫我，是他，在炽热的阳光下眯着眼睛，流着汗水给一家五金店搬运货物。他知道我的成绩后，特地对我表示了祝贺。我很想问他的情况，欲言又止，心里怕言语笨拙的自己伤到别人，只是微笑着说声谢谢，便走了。之后从同学那里听到他的消息，高考发挥不错，考进了一所很好的艺术学院，进行自己喜欢的专业学习。父母并不同意，以家中经济无力承担为由要他放弃，他便通过自己打工赚取学费和生活费。

我很难想象这么年轻的躯壳里要装着怎样坚强的灵魂才能这样执着向前，寻觅自己的诗和远方。为了摆脱困境，为了成为自己，他承受住这个世界粗暴的一面、沉重的一面及所有的嘲讽，迎来了自己崭新的岁月。我很遗憾，没在那天送给他一声祝福。

萧红曾在 1936 年 11 月只身东渡日本，一日写信给萧军，信中写道："窗上洒满着白月的当儿，我愿意关了灯，坐下来沉默一些时候，就在这沉默中，忽然像有警钟似的来到我的心上，这不就是我的黄金时代吗？此刻。"当时被贫苦和孤独围困的她，将那段时光视为自己的"黄金时代"，而这"黄金时代"恰好与"光辉岁月"一词有着微妙的呼应。

尘世旖旎，每个人都在识尽严寒风霜后款款走来。那些在漫长黑夜里有过的辛酸、无助和悲哀，谁都约好一样咬牙坚持，不愿轻易跟人吐露。一个人站在成长的舞台上，始终是自己给自己颁奖。

考研的那一年，每晚在黑暗的河流上，我都彻夜无眠。常常一个人复习到凌晨，见过了城市最喧闹的时刻，也亲睹了它最为萧索寂静的模样。有时会觉得自己一个人生活其实并不辛苦，辛苦的是怕等不到好的未来。但这样的想法很快被自己打消，面对出租屋满是污迹与裂纹的墙壁，清楚自己是没有退路的，只能向前，未来才能有转机，去过上想要的人生。

复习结束，关上台灯的一刻，窗外已有隐现的云霞，在天边织出一抹很淡的玫瑰红。我站在夜与黎明的关卡，心想应该没有人会比我更清楚它们的色彩，这些生命蜕变的颜色。内心始终响彻着一个声音：自己能被这个世界更好地对待。当然，这需要有一个前提，也是唯一的前提，那就是我要努力。

研二下学期，我开始找工作。在隆冬的北京，一次次在车程漫长近似无尽的地铁上睡着了，错过了站，又一次次独自蹲在长安街边，看大马路上车来车往，周围人潮一波卷过一波，天色渐晚，高楼亮起灯，像星辰挂在铅色飘浮的低空，我对自己冷嘲道："真是一无所有，连梦想都跟着你受累。"

后来我又兜转回重庆，在出版社实习，整日在做校稿、送报表、找领导签字这样的基本事务。对个别太把自己当回事的高层领导哑然无语，找他几次签名都无果，好不容易等到了，他又看起报纸喝着茶，自己又像孙子似的退出他的办公室，冲动起来，真想撕烂手里的所有材料。与复杂的俗世周旋，把自己弄得跟条狗一样，气喘吁吁。那天夜里，我在床上躺了半天也没睡着，后来眼睛矫情地红了。

一年后，我硕士毕业，成为一名大学老师。一天夜里，当我路过学校附近的广场时，耳边传来记忆中那首分外熟悉的歌，是Beyong 的《光辉岁月》。

"年月把拥有变做失去，疲倦的双眼带着期望，今天只有残留的躯壳，迎接光辉岁月，风雨中抱紧自由，一生经过彷徨的挣扎，自信可改变未来，问谁又能做到……"在这歌声里，久远的时光仿佛回来了，它站在我身旁，看着我身上此刻被岁月镀上的一层层悲喜。

我穿过围观的人潮，来到男生面前，他抱着吉他深情弹唱着，人如琴弦，在生命的琴面上竭力震颤。昏黄的灯光下，他瘦削的身影那么闪耀，像每一个曾经拼尽青春不屈服于世界的少年。

多年之后，我们才会真正明白光辉岁月不是被镁光灯照亮的那个瞬间，而是暗夜行路中自己那张疲惫的脸被路过的车灯一次次扫过的时刻；不是在红毯上走路带风，被人艳羡、赞颂、簇拥的场景，而是在多少大雨滂沱时自己断木为舟艰难渡河的情景。

一路走来，心里难过，眼中却已无泪水。命运将我们锻造得如此刚强，如此勇敢，是一枚从时间那里要得了自由足以掌控自己的棋子，跳出棋盘，不再任人摆布、虚掷人生。

每个人都身披铠甲，在生活与现实的战场上，独自去闯，冲锋陷阵，踏过铁马冰河，躲过刀光剑影，我们终将抵达璀璨岁月砌出的城池之巅，成为自己的超级英雄。

只能送你到这里

在出版社实习的那段时期,晚上下班后,我都会去观音桥逛逛,喝杯咖啡、看一会儿书再回家,经常搭末班地铁回去。

地铁装着满车疲惫的人,车如鳝鱼似的在黑暗的海上游动。每过一站,车上的人便少掉一批,到了礼嘉站后,车厢就基本空了。这时,我常见到一个与我年龄相仿的男孩上来。

他眉眼清秀,垂眼时似有水滴滑落,穿着一件白衬衫,外面是一身棕色尼龙大衣,白色球鞋的鞋面十分干净。他每次都固定坐在我对面的位子上,当身边的人都在打盹、发呆、玩手机时,他却从包里拿出一本书读起来,显得与旁人如此不同。有时见他看米兰·昆德拉的《生命不能承受之轻》,有时瞥见他翻起奥尔罕·帕慕克的《我的名字叫红》,有时他捧读的是康德、本雅明的哲学论著。

真是有趣的人，每次见他手里换了本书，我都这么想着。

在实习的三个月里，他都这样坐在我对面。受他影响，我也开始往包里随手放一本书，在坐车间隙拿出来看。不知不觉间，他似乎成了一个陪伴我的朋友。

有一天，地铁开到礼嘉后，我没有看见他上来。此后，我没再碰见他。他是离开这座城市了吧。我有些忧伤问着对面一排空空的座位，它没有回答，这一切就像一个告别。

我想到这些年身旁的人来人往、朋友间的聚少离多，不免难过抽了一下鼻子。曾将过往一瞬当作永恒的人，心底往往都有最大密度的蓝。在独孤时刻，这些蓝都被现实处境打翻在地，而我所能做的，是拿出汲墨器汲取它们，再装进钢笔里，写下与青春相关的只言片语。

高三那年每天晚自习结束，我都要穿过一条小路回出租屋。

那时在路上经常碰到一个清瘦的男孩，跟我一样穿着松松垮垮的校服，晚风刮得大时，衣服鼓涨起来，感觉自己随时都会飘到空中。

他脚上似乎装着轮子，走路异常快速，那时我比较争强好胜，想与他较劲，就憋着一股气快步往前走，很快追到他身旁一侧。男孩察觉到了，瞬间快步流星，一会儿就把我甩到后头。我可不想认输，咬了下嘴皮，双脚加快行走的频率，身体扭摆起来，蛇形似向前游去，费了些力气又同他居于一条水平线上。

我边走边看向他，嘴角得意一笑，他也侧着脸看我，两个人在某个时刻不约而同傻笑起来。昏黄的路灯下是两张少年明媚的脸。

一条夜路竟然成了我们的竞走赛道，让一段平淡无奇的时光变得生动有趣。后来知道了男孩的姓名，放学后总是相约回家，走了一趟又一趟的夜路。在途中，我们相互唱歌、背课文、说自己暗恋的人，直到高考结束。

最后一次我们一起相伴回家，是学校放温书假的前夜。我们一路上都控制着脸上焦虑的表情，而故作轻松，投给对方一张笑容，嘴边聊着高考解放后的日子、自己期待前往的远方。在拐角即将分别的时候，他突然停下脚步，眼里闪着光，看着我，说："只能送你到这里了，以后我们都要自己一个人好好走路了，加油。"

我没有说话，只是点了点头，眼睛里仿佛装了片海，波涛汹涌，幸好夜色够深，藏住了我的忧伤。我只站在原地瞧他转身离去，目送是那时的我唯一能做的事情。

也开始懂得朋友的陪伴往往比较短暂，世间没有一条河不会分流而始终完整，能与我们并行抵达生命尽头的事物并不多，庆幸自己遇见这样的少年，让沉闷得如往深井里投石的日子，因此涟漪微荡。

一直怀念研究生要毕业的时候，住在阿辞家里拍摄剧作课短片作品。阿辞当时租在南滨路边上的公寓里，要穿过铜元局正街，那条老街在我的印象中是铅灰色的，破落、潮湿、暗淡，却又充满老重庆最真实、淳朴的烟火气息。阿辞住在十七楼，因与房东先前就认识，每个月只交着不到一千块的房租，一个人住着一百多平方米的房子。

推开门，就觉得他家异常空旷。客厅仅摆着两三件简单的家具，但也被阿辞布置得温馨、文艺，桌上玻璃瓶内插着满天星、百合和玫瑰，角落里有艾草、文竹、白掌，墙上则贴着电影《美国往事》《花样年华》的海报。落地窗外是一个阳台，我喜欢在那里待着。初夏的夜里，阿辞跟我会躺在阳台的摇椅上，喝着红茶、吃着梅子，乘凉、聊天。

那段时间，我俩都遇上了麻烦事。阿辞的公司经营不景气，已经拖欠了员工数月工资，他不得不重新找份工作。而我，为了完成期末短片拍摄作业，找了许多摄影师，都商讨无果。正当我失落无助的时候，阿辞打来电话，说要帮我。于是那阵子他都没有顾及找工作，重新拾起他许久不碰的单反帮我拍摄，还找来他的朋友提供一些道具和场景地。

为了拍摄最后一幕场景，我们坐电梯来到三十层的大楼天台上。我从未感受过自己可以与天空靠得这么近，从江北机场出来的飞机像白色的大鸟掠过我们头顶，而眼帘底下，江水淙淙，仿佛山城奔流的血液，岸边鳞次栉比的建筑在落日下镀上了一层金色。人间真是灿烂。

我激动得看着阿辞。他很镇定，跟我说："给你拍张照片吧，瞧这里！"在我还没反应过来时，他已经用镜头定格住了所有。后来当自己不经意间翻到那张相片时，那段时期的记忆似乎都悉数归来，我们年轻时的苦乐悲欢都一一浮现。

我生性笨拙，毫无觉察日子的悄然流逝，朋友阿辞已经离开重庆两年了。

记得毕业那天我去找他，我们在一家深巷串串店里，为一段青春的谢幕举杯。"曾经以为自己打死都不会离开这里，现在也得向现实低头了，买了去上海的动车票，后天就走。"阿辞苦笑着，默默喝了杯酒，之后又跟我说，"不过也没什么，改天想回来了就回来，反正你还在这待着。"语毕，我们杯盏相碰，一饮而尽。

回来途中，阿辞从兜里掏出一粒他平日最喜欢吃的梅子糖给我，那是我嚼过最甜也最酸楚的糖果。在回味中，舌苔上坐着岁月点滴，慢慢长出我们青春的日子。

人生总有一段旅途，素不相识的人相逢，渐渐成知交。我们会遇见一个人，他像暖阳，像星辰，像河流，给予我们行走的方向与力量，让我们不再孤单。但人生又有一段季节，昔日陪伴在侧的人会纷纷如候鸟，离开我们的林场。在街角、分岔路口道别的时候，我们不会知道一挥手可能就代表了故事的结局。

彼此练习成为各自的过客，花更多的力气讨要陌生的未来，像《猜火车》中说的一样，我们将在背过身后"选择生活，选择工作，选择事业，选择家庭，选择电视机，选择洗衣机、汽车、CD 播放机、电动开罐器，选择健康、低胆固醇、各种保险，选择低利息贷款，选择房子……"

夜的烛焰会在一个瞬间悉数熄灭，剩下自己孤独为宴，然后温柔地走入良宵。开始一个人醒来面对今天的世界，一个人学习，一个人下班，一个人吃饭，一个人逛街，一个人搬行李，一个人看电影，一个人对第二份半价的食物自动屏蔽，甚至跨年一个人站在烟花绽放的夜空下发呆。

孤独面对自我和世界是人生常态，也是每个人从成长到成熟的一门必修课。我们要有勇气与能力，去接纳一个身旁不再有人陪伴而与现实单打独斗的自己。这样的自己会逐渐剔除软弱、矫情和依赖，变得坚强、厚重与丰盛。

世上的路多半曲折动荡，太多人都在辛苦赶路，感谢愿意停下脚步而选择在有限岁月里陪我走路的人，你们是我此刻渴望重逢的故地，那些由运动鞋、帆布鞋踏出的响亮脚步，有我耳边最惦念的足音。

只要这个世界上有爱陪伴，不管时间长短，一切都会越来越好。长路漫漫，也有不熄的烛火送来微光，温暖我们的面颊。

千百个少年,千百个明天

2020年的寒假无限漫长,我困在家中,无聊正养大我对这世界观察的能力。

2月18日,已经是我在窗边看人们走路的第26天。来来往往的都是辛苦奔波的成年人,带着各自的无奈、辛酸,风尘仆仆地路过,口罩里藏着无法说出的话跟秘密,一点都不可爱。偶尔听到从天台晾完衣服下楼的母亲说起邻居家的孩子,他们正躺在阳台上看书。我好奇那样的风景,似乎离我所见的世界已如此遥远,便上楼站在角落里悄悄看着他们。

男孩和女孩趴在花色的折叠床上,阳光照亮了他们的脸,像春天里的植物,以自己最自然、舒服的姿态生长着。隔着远远的距离,我也能看见他们脸上的笑,明亮,轻盈,仿佛珍珠上一道轻轻扬起的刻痕。这是少年生命中独有的优美弧线。

我怀念年少回忆里那些微笑的面庞。大段纯真的时光如花盛开，昆虫冲撞着夏天的窗户。它们在撞击后，一阵晕眩，飞都飞不稳，有时就掉落在窗沿上，挣扎着起身，要继续撞击。那时我不知道它们这样做的意义，也忽视着这样渺小的存在，我只是看着远方起风的水面上有风路过的形状。

那时，常跟L去林中玩耍，他每回出去都会带着他父亲的手电筒出门，说天再黑，我们也不怕。后来，我也从家里带出一个。两个人在林间奔跑，打着手电筒玩，晃出的金色光束成了连绵的微笑。我们捉迷藏，我先躲起来，他很聪明，很快就发现了，手电筒的光线笔直地打在我脸上。我闭起眼睛，笑着，L靠近我了，他的声息与林间草叶的呼吸连在一起。我的耳朵能依稀听见，近了，近了，我睁开眼睛，他已走到我的面前，像一头年轻的鹿。

我们站在那里，摇晃着手电筒，光线像荡漾的水纹穿过森林，扫向远处的河堤、房屋，或者更远的地方。它成了一条黑暗中最明亮也最干净的路。我又闭上眼睛，想象着L跟我正走在这一条光铺成的路上。要去哪里，我不知道，但一定很美好。少年们身处其间，永远不会感到恐惧与疲惫。

仿佛一觉醒来，听到远方传来一个声响，像骨节被按响的声音，世界换上了一身黑色礼服，一切开始变得严肃，变得沉重。曾经以为在教学楼刮风的天台对天空喊出的理想都会实现，后来发觉记忆的鸽群只衔着那阵近乎破音的喊叫回旋在永远十七岁的黄昏。

在我上高中后，我再也没遇见 L。听父亲说，L 跟家人搬去外地了，到他亲戚家办的钢材厂干活，年纪轻轻要挣大钱。我嘴角只漏出一个"哦"，便回自己卧室去了。父亲不知道我将门关过去的一刻，心里有多难受，自己也像是把童年的那扇门关上了，掩面而泣，这是小孩子才有的感情，大人是不会懂的。

在学校感到孤单时，我会走去楼顶，那里无限空旷，风把我吹得异常清醒。有时也见到一个忧郁的背影靠在护栏上，像一首年轻的诗晾在那里。他抬头望天，额前的刘海被风拨开，露出光洁的额头。这是小木，一个不爱说话的男生，在教学楼天台上见过几次之后，我们才开始聊天，当然是我先问候他的。我们经常谈到未来，毕竟这是在高中三年给予我们希望的两个字眼。我说我要上一个好大学，读个能赚钱的专业，老的时候开家不收费只收故事的民宿。小木说他以后要去一回东京，看看《你的名字》里泷和三叶相遇的地方。他是跟着父亲生活的，因为母亲在他很小的时候就离开这个家去东京了，再没回来过，他只知道母亲很高，嫁给父亲时才十九岁。

小木最后一次跟我谈起这个梦想时，我正在重庆的大学宿舍里听歌。吉田拓郎跟中岛美雪合作的歌曲，《给我一个永远的谎言》。

他说自己在大学期间做兼职，存了一笔钱，要去东京了。我问，什么时候的航班。他说，就后天，很快就到了。语音里全是小木激动的声音。"我就要实现梦想了，你要替我开心！"他最后说的一句话一直在我脑中回荡。我能想到那一刻他的眼里一定充满光亮，关于过去，关于未来，他就要去找寻自己心中一直期待的答案了。但又有多少人明白，这光是要靠着眼泪才绽放出来，多少次，一个稚嫩的男孩生生忍回了奔涌而出的悲伤。

生活常将我们置于空欢喜的圈套里，并滞留下我们的叹息。当小木准备出发去机场的那个早晨，父亲看见了他手机上的航班信息，过往关于那个女人不堪的记忆冲刷男人的海岸，他无法再失去身边的一艘船。小木被父亲锁在家里的那一天，我的手机因掉入洗手池拿去修理，他打了十几遍电话过来，按下每一遍号码时，心情怎样，我不敢去想。事后开机，我才知道了一切。回拨过去，只听到他在说："我没去，不过没事了。"应该是所有眼泪都逃离身体后才会有这样云淡风轻的口吻。我不能安慰他什么，唯有时间有这能力。世界上确实有太多事情，我们始终无法感同身受。

刚读博那年的寒假，我从台湾回来。一次周末，约小木去我们以前的高中。他在政府机关已经工作两年，别人都在羡慕他，他却吐着苦水："每天都跟狗一样奔跑，然后气喘吁吁。"那天我们在操场上赛跑，不管输赢的那种，大家都在笑，像回到过去，好开心。

出门前，他往背包里装了一瓶红酒和一些纸杯，我们跑到天台上，靠着从前的栏杆，干杯，傻笑。我问小木看到我开不开心，他点点头。随后，他说过段时间自己要结婚了，女孩是去年刚来单位上班的，正好双方家人都催得急，就想凑到一起生活。末尾他说了一句"你要替我开心"，随即将杯中的酒一饮而尽。

世界忽然安静下来，在他喉结滚动之后，能听见的也只剩下楼顶呼呼的风声了。我不知道究竟是从什么时候开始，小木再也没和我聊过未来，好像有个贼从他身上偷走了这两个字。当然，还有很多事情，他都已经闭口不谈。

仅仅也只是过了几年，不止小木，我身边所有的少年都被现实驱赶到成人世界的大门前，包括我自己，也是。只要推开那扇门，我知道自己再也无法出来了，俗世的漩涡会将我卷入越来越困顿的境地，无力再往上游。我开始一次次面对餐桌上父母对我提出找对象结婚的诉求，我夹起菜蘸着沉默的酱醋，一口口扒进口中，快速吃完，离桌。剩下父母的一声叹息代替我坐在桌前。明明是世上离得最近的人，那一刻却有了最远的距离。

我常常在灯下与过去的时光重逢。我忽然想起那些夏天里的昆虫，它们不断撞向玻璃窗，一次次落下，又一次次爬起，继续撞击。多年之后，我终于明白了它们这样做的意义，而我也像是它们了。明知道在这世间做自己是一件无比艰难的事，却仍然一苇以航,凭着单薄的身躯和满腔热血而与这个强大的世界周旋。也问过自己还能坚持多久,但在天真与美好的事物面前,我无法低头。少年们鲜活、真实,他们的生命如青青的枝蔓向着天空和时间的深处生长,我迷恋这样的姿态。

在现实将我说服进成人世界前,我想紧紧抱住少年的自己和在成长途中遇到的那些少年们。他们将在我的记忆中永远自由地撒野,呐喊,歌唱,不用看这世界脸色,只需面对自己内心,胸中盛开热烈坦诚的花朵,永远充满朝气,也充满爱,不会凋零,也不会老。

等再过几年,五年或许十年后,当我的同龄人都已经活得像他们昔日的父亲或母亲,而我身旁年轻的少年们也一一长大了,我想我还会不知疲倦地追求下去。用笔下的每一个字去留住少年,留住生命最好的状态,在千万个明天,在遥远的未来,如同夸父对光的崇拜与向往。

那时,我还喜欢在星空下散步,在林间溪边席地而坐,跟朋友有一搭没一搭地聊天,喜欢什么,不喜欢什么,全由自己做主。耳边虫鸣声、流水声此起彼伏,抬头瞥见飞机在高空拖出长长的轨迹云,闭上眼听见的是风经过的声音。

睁开眼的那一刻,我一定又能看见你吧,我的少年。你身穿白衣,站在水边,一头清爽短发,眉锋如剑,挺拔鼻梁下说话的声音像风一样轻柔。

你笑着望向我,夏天好像永远也没有离开过。

你是不被时间带走的人,是我永远的少年。

我们不会遗忘,也不会告别。

第四辑
温柔焰火

写给父亲的散文诗
目送你向着光走去
这个世界还很好
人间烟火
温故,待春风
夜晚的独舞
江城子

写给父亲的散文诗

父亲的江山

所有的鸟都早早撤离冬日的村庄,飞往远方,向温暖驻扎。

每一棵梨树的衣钵此时都被冷风抽光,它们像穷人站在寒冬里,除了自己,一无所有。我的父亲站在十二月的低温里,与它们同类。面对村口工地上一张房地产的巨幅广告,他双手握紧皱巴巴的纹路,像地窖里的卷心菜抱紧自己。

他曾经以为自己能够主宰大地,一亩三分地是他秀丽的江山,玉米、大豆和高粱是朴实的臣民。他跟过路的风雨结为兄弟,将自己的名字耕植进每一片泥土中,不急着看它们有所结果,只守着它们慢慢生长,慢慢结出真实与未来。

但卡车、物价、挖土机、欲望是拒绝这种慢的。钢筋水泥成为新的庄稼,在田野上生长。父亲被收走了疆土,一个人潜入孤立的池底,靠往事柔软的根须,想象鱼的生活。

贫穷永远是一道被忽略的风景。

岸边仅剩不多的梨树模仿村庄里的老人,用佝偻疲倦的躯干做成琴。风拉响了他们,却无人倾听。偶尔返乡的年轻人反复清洗裤脚上的泥点。

父亲钻出水面,看见我走远了,一起走远的还有他的梨树、他的田垄、他的村庄,以及他的时间。

父亲与城

在 1988 年虚无的云层下,一棵无果、钉着广告牌的乔木旁,你被欺骗、失落、贫穷喂食饱足,呈现球的形状,被拍起,回落,又弹起,在一无所有的归途中漏气。

一次进城的体验是:你丢光了羊、母亲的嫁妆和当了十三年石匠的积蓄,只剩下还很年轻的三十岁。你在回来的路上,大叫,像一条狗。

这是我出世后听到的故事,一次失败的创业经历,成为你对世界与命运不信任的根源。于是而后的三十年,你继续与山为伍,在石头里埋下生活与爱恨。

当有一天，山顶炸裂，页岩松懈，受惊的鲫鱼停下半途产卵的痛苦，城市把手伸向了村庄，要注销它的名字，将它以婴儿的身份抱进摇篮。

所有村民为户籍上身份的改变而喜悦，撇下炉灶和床榻，背离田园与山林，直奔都市的中心。你在窗前，站立不动，望着铅灰色的云和步步紧逼的楼，喝了一口酒。

地平线越来越近，那里有蛮横向上的力量。你所追求的只是紫藤花、丝瓜、瀑布落下来的意义。但，挖土机吵醒的清晨是赝品，林田、飞鸟、星辰、乡音、树叶与树叶间的广阔，一一失散。

杯中已无清甜的露水可饮，牙垢是黄的，叹息是和平的。

你再次进城，想用稻穗的口音告诉世界，你和泥土还活着。

跑过柏油路、步行街，城市在物质、名利、欲望中闪光，被照出的影子巨大而陌生，碾轧、嘲笑你。

在喷泉和塑像下面，每个人要用透明的颜色才能活下来。

你不会。

信任红绿灯、医院、ATM 机、电子货币、超市商品，以及一棵棵马路上盲目的树，并依赖它们。

你不会。

你在耀眼的车流中盘桓，在文明的旅馆里找不到一个廉价的房间。

动物园中被人戏耍的猴子，你像；淤泥里反应迟钝的河马，你像。

你返回，像三十岁时一样失落，丢了一群羊，没有一只活着归来。一路紧抓着篱笆上的余晖，问杜鹃，问蒲草，问溪流，现在，可还有人像你们一样自由？无人应答。

举目四望，村庄同你一道，瘦了，老了，模样模糊。

你在失去中，用沉默种着守护，并演唱时间的歌："带月荷锄归。"

体面

幼芽上凝聚闪闪的水光，映照出另一座村庄。有人站在实像中，有人活在虚像里，背负的却是同样的命运，来自镰刀、马铃薯和蚂蚁举起的谷粒。

我的父亲在三月的春天里流浪，皮肤涂着银的色泽，像一个沿路兜售自我的铁器。我悄悄与他对视，他扣留伤疤、眼泪和贫穷，只往我的瞳孔送来十万亩良田、十万棵桃树、十万朵流云，与一小撮被他扛到肩膀的人间。

未经修缮的祖屋外有常年生着脓疮的河，船从一座古桥划向另一座,像走直线的昆虫在玻璃上滑动。响声温柔,如风搓揉江南的丝绸。父亲站在河边,是这绸布上不易被拍下的尘土,紧紧黏在日子的缝隙里,成为一座坚固的寺庙。

我每天来到这里,锻炼一种听觉:他从骨头里敲出的钟声,洒在烛台、风箱和土壤里,像一枚一枚的纽扣,缝在生活的衣裳。

裸身的我,从此有了较为体面的尊严。

死亡搬运工

死神是没有心肺的旅行者,在人间肆意丢弃悲哀与阴影。

在死亡面前,你是一个搬运工,也是一座风蚀的堡垒。

你见过午夜的满天星盛开,微笑,在风中亲吻与被亲吻。你也吻过石头粗糙的嘴唇,像苦难一样硬,像时间的脚趾一样咸。

你知道为何念起每个死者的名字会那么沉重,因为那是棺木的重量。

你抬过,也梦见过。那些孤独的重量,在埋入土中那一刻恸哭,像女人,像孩子。

你经常在光明与黑暗交替的边缘,看见自己正搬运着一个又一个死亡和过去,从中悄悄组合自己的脸,并在天亮前忘记。

睡梦是不平稳的，坐落着易崩塌的群山，像排受损的钟，惊飞的鸟雀是林中恐慌的风暴。棕榈叶敷在你苍凉的额头，你的肚皮浮现在棺木之上，像阴天坠下的云。沉重的鼻息模拟远处的雷声，那么忧伤，那么空旷，让我用听觉孕育出一匹马，驰骋在生命隐匿的原野。

你醒来，讲到死的真相：假如无人送来回忆与眼泪，死亡是一件真实且孤单的事情。歇在桌上的手，微微颤抖，是一条偷听到生活要将它悄悄烹饪的鱼。

曾经那双手在台风天捉过急流中的大鲢鱼，那是你一生中最快乐的时刻。如今它们的用途是搬运，搬运生活，搬运痛苦，搬运死亡，直至无力抬起，如此刻。

父亲，你的身体是被挖空的矿，时刻带着爆炸和塌方的危险，走在我面前。

当你站在被现实炸平的崖边，凝视这座即将丢失姓名、被接入城市腹地的村庄，一片暗沉沉。失散的地平线、被迫改道的河流，像过度操劳的母亲、保姆，沉默清点着她们的疼痛与失望。

人们在这里出生，却无法在这里死去，村庄先走一步，沦为记忆中的空墓。

在时间面前，我的父亲，你为自己日后的死选择的方位，一改再改。

历史吞咽着口水，永远说不清答案。

不会告诉你的事

你不得不说自己老了。

年轻时的窗户,现在一周只擦一次,每次动作缓慢,能听出骨头的钝响。

远方在圆框眼镜中呈现鱼刺的形状,卡在溃败的喉咙中拔不出来。你吃力看报,读字速度减慢,牙齿像一架坏掉的钢琴,音色浑浊。

施工的医院大楼旁,最后一棵榕树像墓碑被运走。你没有足够的勇气再与时间对抗,意志逗留在被封起的酒杯上,昔日的倔强瘫倒在字迹潦草的病历中,一页页都标注出心、肝、脾、胃、肾,难兄难弟的身份。

你不得不说自己老了。

蛛网挂墙角,黏结透明的死亡,秋天以气味相投的缘由强占你的房间。你用咳嗽驱赶,无果。妻子准备饭菜,清汤寡水,像余生再无激情朗诵的旁白。

你以父亲的口吻命令已经二十岁的我:"再去添一碗!"我站起来,回答:"不!"你惊讶于我口中的否定,并为此感到恐惧和愤怒，却没力气再喷发体内的岩浆，转身进屋，早已褪色的上衣融进阴影里。

想起年少时，你让理发师剪掉我留长的头发，托着石头的重音，顺着一根手指投向我："你不准哭！"以将我塑造成男人。

我们在一个盆中争夺各自的水域，我的脚尝到另一只脚的盐分，它粗壮却卑微不作声响，而我却用力跺脚，溅起水花，为了表现你不再拥有的快乐。

你不得不说自己老了。

早早睡去，进入渔翁角色，垂钓枯瘦泛白的梦。睡眠与死亡称兄道弟。天亮，是希望，也是恐慌。我喜欢看你睡着时的样子，低垂的眼睑翻不出万物，有时看到的仅是一条死鱼。你像壶，像炉，像鼓，又像一口井。

而你醒来，口气是茫然的，一个男人既不年轻，也无引领者跟你说六十岁的火车何时进站。你从小靠谷物、眼色、竹鞭养大的儿子，在清晨为他喜欢的姑娘和明天，写下一首你读不懂的诗。他不再是你的门徒。

父亲，我们从未拥抱过，这是我想告诉你的唯一秘密。

如同天空没有拥抱过大地，飞鸟与鱼仅是对望，我从没仔细抚摸过你的掌纹。它们多长，一定很长；它们多深，一定很深。可是，我不知道。

父亲,你老了,瘦了,薄了,像一层落在摇椅上的影子,被风吹起,在村庄的某个角落晃过了一瞬。

这是我看见也不会告诉你的事。

目送你向着光走去

我工作的大学在重庆当地人眼中是所"贵族学校",原因在于学校收取的学费较高,以至于许多人都认为这里的学生都来自富贵人家,其实这是错觉。

在一次期末考试监考时,我负责检查整个考场六十个学生的身份证件。我先站在讲台上观察了一下全班学生的打扮,多数人都花了不少精力与财力,在赶着当下流行的日韩潮流,从发型、面部妆容再到衣着,潮流如同瘟疫席卷着他们。看他们的模样,都像是有钱人家的孩子。等我走下讲台,开始一个一个检查过去时,却发现他们中仅有五分之一的人来自城市,而绝大部分学生的住址为某镇某村几组几号。这真是一个我们容易被表象所蒙骗的时代。

小陈是我教过的一个大一学生,他坐在考场中,跟这里的大多数学生一样,来自农村。我对他印象深刻,因为他长期坐在班级第一排听课。他刚来时,穿着打扮非常质朴,从不穿老一辈人眼中的"奇装异服",人很精神,梳着中分头,戴着金属材质的圆框眼镜,衬衫扣子全都系上,外面套一件圆领毛衣或黑色外套,展现着他认为的一个大学文科男生该有的模样。

小陈很喜欢看书,从文学到哲学的那些经典著作,他都乐于跟我分享他读过之后的感受,每回买了新书,都第一时间兴奋地告诉我。这点与我相像,我们有物质生活以外的乐趣支撑自己漫长而寂寥的每一天。我时常也送他自己喜欢的一些书,多半也是人文社科的著作,他收到书时很感恩,每次总躬身感谢我。

有一回在图书馆门口,我远远地就看见小陈,正准备将手里费孝通先生的《乡村经济》给他,我招呼他,他好像很难过,抽泣着,随后看见我,便连忙用衣袖擦了擦眼角,走来。见他这样,我脸上的笑容瞬间也消散开,我问他怎么了,他支支吾吾,之后还是没忍住,哭了,说:"我爸刚刚来电话,问我怎么还在学校里念书,他说村子里跟我年龄差不多的人都去打工了,他一个人要养一个家很不容易,想着要供我读四年,他更觉得累了。老师,我听他那么说,我很痛苦……"

我第二次见到小陈哭,是在开学两个多月后,一次下课后,当教室里的其他学生都像得到解放似的跑掉时,他仍坐在第一排的位子上。等我收拾完讲台上的东西要离开时,他站起来,陪我走出教室。在路上,他像往常那样说着这段时间所看的书,所做的事。我听后,频频点头,给他肯定。

说话间隙,瞧见他总用手抚弄着连帽衫的带子,我才发现他正改变着穿衣风格。一件红色的衣服,带着非常活泼的卡通字母图案,是近期学生间比较流行的款式。我说:"你买了新衣服啊,挺好看的。"他眼里闪烁出一丝羞怯与紧张,又不知道如何回答我,只嘴角僵硬笑了一下。

要离别时,他在背后突然叫住我,我回头,看他如犯错的孩童那样低头走来,对我说:"老师,我不知道怎么办,感觉现在的自己正被周围的人同化,我想好好学习,可是他们好像很讨厌我。在宿舍我一看书、背英语,室友就大声说话、唱歌,或者把电脑游戏的声音开得很大。他们好像合力拉着我,不让我往前,我很怕,那种被孤立的感觉很难受……"

我深深明白小陈痛苦的原因,家庭经济情况与此刻所处环境之间的失衡,努力的个体和堕落的群体之间的角斗。很明显,他处于弱势的一方,要想突出重围,必然要独自抗住压力、咽下苦水,持之以恒向前走。能走过来的,往后岁月都会格外眷顾他;中途投降的,人生多半将在失落与焦灼中度过。

现在的大学早已不再是象牙塔,社会风气都汹涌灌进,它成了一个大染缸,许多尚还年轻的学生都迷失在这里。物质生活的泥浆覆盖了单纯的面孔，将他们重塑成一个陌生而虚伪的自己。

一些家庭条件优渥的孩子在这里使劲挥霍青春，可悲的是，对自身现实情况并不清醒的同龄人总乐于加入。四年过去后，前者仍依靠家中殷实的物质基础继续潇洒，而后者呢？这一群一无所有又不学无术的学生，等待他们的，无非是对父母及社会的抱怨、无尽的失落与感伤，甚至身上充满了一股戾气，给自己与他人造成伤害。人生的底色不再明艳，是灰色的，如尘埃般，在低处起起伏伏。

我经常鼓励小陈，跟他说："别害怕，始终去做自己，坚持自己所认为对的，不要怕被孤立，再糟糕，都有你的影子陪着你，前往未来。"

成长是一场漫长的旅行。这些年轻的灵魂，心门本该为沿途落下的光敞开着，却收纳进途中的是非和纷争、苦楚与失望。他们经历命运的玩弄，丢失纯真的面容，心门越来越窄，不免在一些时刻怀疑自身存在的意义。但这些时刻足以真正考验成长中的他们，并构筑成未来身上坚硬的部分。每一次受伤留下的疤痕，都将成为命运送来的勋章。

我握着岁月的伞柄，路过大雨如注中慌乱奔跑的他们，唯一能做的是让他们停住没有方向的步履，来到伞下，等待天晴，我再看着他们朝着一条确切的路迈出步伐。

我会站在路旁，站在他们身后，目送这些年轻的身影消失在明亮的光里。

这个世界还很好

春末夏初的一天,母亲把衣橱里许久不穿的衣服拿到院子里晒。突然,她朝屋内唤了我一声。我跑出来,看见母亲站在院中,手里晃动着一封信,她笑着跟我说:"从你高中校服兜里翻出来的,真想不到那时候你压力这么大,都想着,想着……"母亲顿了一下,嘴边始终没有漏出信中写的那个"死"字。

高三那年,我整个人就像一只笼中鸟,被囚在狭小的空间里,渴望飞翔。很多次,我站在教室走廊上望着行政楼楼顶发呆,那是全校最高的地方,一个人如果从那里掉落下来,是否有一瞬间会觉得自己飞起来了?再也不用待在透不过气的教室里,被题海淹没,被高考倒计时鞭笞往前,又被身边人的目光不断压迫,笼中的生活如此沉闷。真的,那一年的夏天非常难挨,我心中时常冒出危险的念头。

看许鞍华导演的电影《萧红》，影片开头，祖父常拿瓜果，对幼时的萧红说："长大了长大了就好了。"成年之后，经历红尘世事的萧红，想起祖父的话，不免在心底添上一句："长是长大了，却没有好。"让人听后不免红了眼眶。

在我身边，许多朋友对于生活、生命的态度，就如萧红所感知的那样苍凉。现实充满困境，我们度过了高三监牢般的时光，又进入了迷茫的大学生活，一不留神，时间就将我们扫出校门。现实境况仿佛洪水猛兽袭来，多少青春的面庞终日惶惶，深陷于强大的自我悲伤中，手足无措，渐渐不再相信前方的光，也渐渐失去对这世界的爱。

我有一个同学叫大瓜，他是老师和同学们眼中多余的人，人很呆滞，成绩不好，体育课每次跑步总是垫底，好像他的出现和消失都不会影响谁。大瓜在班上就只有我一个朋友，因为全班只有我跟他说过话。而我跟他说话的内容、长短其实跟任何一个班里同学一样。可大瓜就觉得我对他好。大瓜爸妈离婚了，谁也不想要他，他一直是跟着爱打麻将脾气不好的外婆生活，而外婆家还住着一个学习优秀又会说话的表弟。

高考那年，大瓜说自己想死。那是个台风天，他趴在八楼，把窗户开得大大的，正准备爬上窗台时被他外婆用力拖下来，赏了个巴掌。大瓜哭起来，直喊着要去死，说谁心里都没有他。外婆被气哭了,一直用手拍他软乎乎的身体,说:"那好,去死啊去死啊,看谁会为你哭!看你死得值不值!"外婆费劲地把他推到窗边,那一刻,大瓜第一次发现八楼原来这么高,自己连死的勇气也没有了。

上高中那会儿,如果说起我们班上谁最漂亮的话,每个人都会说到花枝。花枝是一个身材高挑,眼睛很大,头发很黑的女生,喜欢穿鲜艳的衣服,就像她的名字一样。但凡有班会或者学校各项比赛,花枝都是主持人。只要她一出现,整个年级的男生眼睛都会变得亮亮的。但花枝的这种自信,随着她高三毕业也一起毕业了。到了大学,花枝突然对自己不自信起来,觉得自己越来越丑。她不敢照镜子,因为镜子里的她不再是曾经十几岁的模样,皮肤变得有些皱,有点像要坏掉的果实。眼角一笑起来鱼尾纹也很明显,好像要翘到天上去,而眼角下面也长了一些斑点。

身上的一些地方也开始有了多余的赘肉。她买了好多化妆品,不断地想去掩饰,花了好多钱不说,效果一点都没有。她开始节食,一天主要是吃水果,后来她吃得吐了,终于又捡起了她爱吃的回锅肉和里脊。

花枝跟室友们的关系也处得不好,原因是她觉得室友们打扰了自己的作息时间。

她每天晚上十点前就得爬到床上去,但怎么睡都睡不着。室友有的在洗澡，一边洗一边唱歌；有的在努力地搓衣服，水龙头开得特别大；有的是跟闺蜜、对象煲电话汤，没个半小时基本是不会歇的。后来花枝决定晚上出去跑步，跑累了，回来洗个澡，就容易入睡了。但有时还没睡到两小时，寝室里打呼噜、磨牙、说梦话的声音此起彼伏，花枝经常上网跟我吐槽，好几次她都在确认自己住的是不是女生宿舍。花枝也想搬出去，但家里人怕她不安全，没同意，让她忍一阵子就习惯了。

花枝说她一天比一天老了，大学里好多女生化完妆都比她漂亮，她要得抑郁症了，好想自己能在年轻的时候死去，这样别人只会记住她美丽的时候。

同事小梦是一个样子看上去很单纯的女生，学生时代总喜欢留两条小辫子。脸上充满笑容的时候，整个人好像是从清澈的湖水中长出来一样。但她有一点地方让人不太喜欢，就是当同事们聚在一起聊得正高兴的时候，她突然插一句："我不知道自己什么时候就会突然死掉，这种感觉一天天越来越强烈。"

她还对我们说起小时候家里人带她去算命的事情，算命先生说她命薄，活不长。我们在旁边听得愕然，原本欢脱的气氛一下子被她带进古希腊悲剧一样的故事里，大家一次又一次努力安慰她，也没效果。后来，大家都达成默契，一起聊天或出来玩的时候，不再叫她。

半夜里，小梦经常给我打来电话，嚷嚷着自己哪里又不舒服了，一定是得了某种绝症，活不久了。唉，虽然我已经习惯了，但对于她这样的朋友，我感到一种无奈和莫名的害怕。

小兵也是我遇到的青年中比较忧郁的一个。他的忧郁是来自于对现有空间的厌恶和未来空间的畏惧。小兵在出版社工作，干了好些年，仍旧是小职位。每回一想到自己现在的工作和未来的工作都是在相似的空间中进行，面对类似的面孔，走相同的路线，做同样的事情，小兵就觉得自己是一颗螺丝钉，在流水线上，没有存在感。

小兵时常跟我聊电影的时候聊到死亡这个话题，说自己活不下去。他一想到工资、住房、物价、日后对妻儿的照顾，以及对父母的赡养，他就感觉力不从心，战斗力越来越脆弱。他在未来所要获得的物质生活，仿佛是一个非常厉害的大 boss，自己是打不过的。小兵好几次跟我说，自己真想做逃兵。逃离现在的生活，逃出内心的困境。

跟小兵相反的是婷婷，她一直在找工作，却一直受挫。每次从朋友那里或网上听到哪个学校有招聘，婷婷就会像打了鸡血一样跑去那里投简历。碰到稍微牛点的单位，她连第一轮面试的机会都没有。她起先特别失落，后来习惯了，还没等工作人员把简历扔到退还处，她就已经站在那里，像只做好觅食准备的流浪猫。

"很多次我在来之前就知道结果了,但不知道自己为什么还要来?或许是真的希望有一天上帝能眷顾自己吧。你跟别人应该都觉得我很坚强,越挫越勇吧,其实我一次比一次脆弱,觉得自己好没用,真想跳楼!"

婷婷在电话里情绪有些失控了,我这时才真正了解了一个在求职途中挣扎的人,内心世界如此不堪。我对她说:"不要多想,再等等吧,上帝总会把好的留在后面。"婷婷在我言罢后"嗯"了一声,似乎能感觉到她脸上那种痛到麻木后露出的微笑。

最近一次和婷婷通话,她跟我说她准备考硕士进一步提升自己的实力。我说这个想法很好啊,但心里有个真相没有告诉她,现在即便是研究生,就业前景也不尽如人意。当我在学校招聘大厅看着一大堆写着内地某某著名大学、获得某某奖学金、各种考级证书的硕士简历,从退还处的桌子上撒落的瞬间,我心里很不是滋味。我没有把这些告诉婷婷,是希望她身上的信念能多坚持一会儿,挨过青春的年纪。

这是让我想起来就觉得难过的一拨人。带着负面情绪生活的他们,不仅使自己痛苦不堪,也让周围人感觉不舒服。

曾经我觉得我们都这么年轻,死亡离我们是一件很遥远的事情。但是,当身边的朋友都不约而同在青春的年纪里有了想死的冲动,我不得不开始思考,为什么大家都变成这样了?面对物质、现实、未来、衰老、疾病、每天重复的生活、无人理解或懂得时，人间似乎真不值得我们走上一遭，但转念一想，我们好像一直都只是盯着人生疼痛的伤口，将目光凝成盐巴，撒在上面，伤口之外的美好，却被我们忽视、遗忘。

有多久，我们不再为清晨林间到来的第一缕光线而喜悦？

有多久，我们不再因从泥沼中挣脱而出恣情绽放的莲花而激动？

有多久，我们不再如年少那样能在夏夜里花上足够耐心等候萤火虫飞来？

又有多久，我们已经看不见茫茫风雪当中母亲牢牢拽住孩童小手的场景，她又是怎样把这世间最为温热而可靠的力量传递给孩子的？

我们不断迷失在焦躁的人群中，总在期待一个实质性的结果，在现实与物质构筑的舞台上欢呼跳跃，于是表演中无尽的疲惫和无法获得观众掌声的失落常常汹涌而来。我们都忘了电影《无问西东》当中静坐听雨、雪中听琴的心境，一种来自于俗世欲望以外支撑生命的力量。

自然与人情的光芒始终在这世界里闪烁，年轻的我们在暗中忙碌前行，内心时感孤楚、冰冷和现实的恶意，需要靠近它们，得到方向，得到温柔照耀，感受爱与希望。正如村上春树所言："于是我们领教了世界是何等凶顽，同时又得知世界也可以变得温存和美好。"

记得梁漱溟曾与他父亲梁济有段对话。在1918年的冬天，中国这艘船不知要往何处开时，父亲问梁漱溟："这个世界会好吗？"说完，梁济眼中满是绝望。梁漱溟却答道："我相信世界是一天一天往好里去的。"

负面情绪时常捆绑着我们往一种极端去，而无法触摸到这个世界清晰、完整的轮廓，沉湎于悲哀中，我们会失去更多。带着乐观、爱和希望活下去，是我们需要做的事。

在成长的漫长岁月里，我们经历痛，受了苦，知道自己低估了世界。它不单纯，它很复杂；它不温柔，它满是荆棘。黑夜是它，寒冬是它。但这又有什么关系？

命运给予我们如此丰厚的时间，去对抗，去收获，去成为自己。

灯灭了，就自己亲手再点亮；花落了，就等明年春天再来看。亲爱的，我们都将这样长大，这正是成长的意义。

我们风华正茂，都是梦想不曾死去的行路人，面对明天，还有很多的路要赶。不要偏执，不要敏感，不要画地为牢，给自己提前判"死刑"，我们还这么年轻。

未来的世界铺满鲜花与光亮，有溪边饮水的鹿和放在青草微风中的日子，你要努力走过冬天的路去看它们。

这个世界还很好，我们还是去爱吧。

人间烟火

夏夜,室友们都外出旅行了,我一个人待在宿舍,八点左右,便早早去睡。

熟睡中,我被窗外不远处天空燃放的烟花吵醒,便起身跑到窗边,天边缤纷的火光照亮了我,一会儿亮,一会儿暗。碍于已经脱了衣服,自己便不想跑到天台上看,只穿过枫树枝干间的缝隙观赏。

一些原本遗忘的时光,随着烟火,在我的身体里明亮起来。

"有生之年,如果可以,我想跟你在空旷的山顶看一场烟火……"

许多年前写给你的信里有这样一行句子,我还记得。

为了看场盛大的花火,我从台中港坐船前往澎湖岛马公市。

澎湖岛上花火祭十分有名，这里每年夏季四月下旬到六月末都会举办花火祭，传统悠久。

还未到马公市观音亭，便听到车窗外喧闹的声响，再往外看去，烟花已经开始燃放了。大大小小、奇形怪状、五颜六色的花火在空中竞相争艳。众多的观者站在空阔的地上，伸着脖子仰望，小孩子们捂着耳朵蹦跳着，一脸喜悦的表情。

我关了车窗，只认真看着簇簇花火，明明灭灭，璀璨的光束之后，寂静的暗。

下车后，来到人群中，又立刻退了出来，走到人较少的地方。烟花砰的一声抵达半空，噼里啪啦地炸开，点亮了一片天，旋即又暗下去。身旁有一对台湾本地的老人在说话，六十岁的模样，手拉着手。男方对女方说："这么美丽的日子，有你在，真好。"女方回道："我们都要好好过余下的日子。"之后男方用手挽住女方的肩。

岛屿上的浪漫，真实，优雅，无关年龄，无关岁月。

花火继续在天空绽放，耳朵渐渐有些麻木，我都怀疑自己是不是要聋了。如果你在，请往我的耳朵吹一口气，让它苏醒，并深深记下你的声音，再也不忘记。

记得有一年在家过春节，晚上独自一个人站在房顶看烟花。哥哥在消防队服役，回不来，姐姐因为叛逆常常在这个时候跟父母吵，闹得不可开交。姐姐摔门出去，父亲的脸红得像爆竹，母亲在一旁哭，他们心里希望姐姐可以在新一年重新做人的愿景成了落地的烟花碎片。

我避开亲人争吵的场面来到房顶，在一声声巨响里努力忘记那些忧伤的画面，到了零点给你发了短信，只打出简简单单的"新年快乐"四个字，怕写多了，你不会回，但一直等到凌晨两点，我的手机屏幕上也没有你的回复。

那个夜晚，烟花、爆竹像暴雨一样冲刷着我的耳朵。黑暗成为潮水，逐渐升高，淹没我的膝盖、胸膛、嘴巴，我伸出手，好想你能拉我一把。

最后，我一个人沉沉睡去了。

生命中最美好的那场烟火，是高三毕业的夏天，在山顶见到的。

我和几个朋友买了一箱烟花、两打啤酒，到南山上庆祝解放。大家疯狂地唱歌、跳舞、呐喊、放烟火，一罐一罐啤酒相互碰撞，灌进发烫的喉咙。烟花照亮年轻的面庞，一个个两腮都红了，彼此笑起来。真想烟花能留住，真想青春能停住。

之后烟花灭了，大家都醉了。G 仍坐在草地上喝没剩多少的酒，我说他酒量真好，G 说是因为心里难受，喝再多的酒也没起什么作用,他说完又往嘴里灌了两口。我问,为什么难受。G 说起了你,你们的故事。我才知道喜欢你的人真的好多,而你最后似乎都没跟谁在一起。山上的风有点凉了。

G 说了几句后,不知不觉睡着了,躺在了石背上。没有人再跟我说话了,剩我一个人对着长夜、群山发呆,想起你。山下,红尘万丈。

我用匿名短信约你出来过,那时是高考前夕,你连校服都没有换,直接来到学校附近的长山湖公园。我们说了几句很简单的话后,就没有再聊,你放了一首范玮琪的《启程》,然后说有事要先走了,祝我高考顺利。我挥了挥手,说了声再见。其实还有很多话没有讲出,比如我想跟你考同一所学校,但已经不必说了。

启程,去未来的旅程,我知道陪伴你的会是别人。

八月一走,你我便是天涯海角闯荡,此后烟花易冷,好景不常有。

这段时间看长井龙雪的《未闻花名》,又想起旧时山顶,烟花少年。

芽衣子是个清澈的女孩子,年少时因为夏日的一场意外而溺水身亡。变成鬼魂的芽衣子只有仁太能看见。芽衣子想让仁太帮她实现愿望，仁太虽有点为难，但还是答应了。芽衣子原先想着自己的愿望是让渐渐疏离的昔日玩伴们重聚到小时候的超平和 Busters 一起放烟花，后来她想起来自己的愿望其实也是仁太妈妈生前的愿望，就是让从来不哭的仁太能够大声哭出来。

片中，仁太泪水溢出眼眶的时候，愿望实现的芽衣子掩面说着："还不可以走，还没有好好地告别……"少女太眷恋自己的恋人朋友，她不舍得离去。在独白里，她说："一直觉得自己没办法成为大家的一员，是不能够进到家里和学校的人，要不要睡到邻居家小狗的窝里呢……"仁太说："就算你睡在狗窝里，无论你去哪里，总有人会找到你。"最后芽衣子的魂魄逐渐被光穿透，一点一点碎掉，消失了，像青春时最美的一场花火。

怎样一种告别才算美丽？一场盛放的烟花，一滴来自恋人朋友的眼泪，一声说出来或放入心底的再见，这样的告别已算美丽极致。

看烟花的途中，遇到了如筠，她是岛上的女孩，个子一米六，短头发，二十岁左右，笑起来很干净，酷爱音乐，自己写歌，会弹吉他。我问她自己一个人来看花火祭，不害怕吗？如筠说在台湾很安全，不用怕。

之后我们聊起音乐，我说自己喜欢陈绮贞、五月天、苏打绿的歌，如筠却说了一堆大陆民谣歌手，李志、宋冬野、马頔。我们围绕马頔的专辑《孤岛》交流起来。

对如筠来说，台湾就是一座孤岛，她虽也在书上读过黄河长江，但毕竟离她遥远，在海峡对岸的大陆上，她从没去过，对她来说那是个陌生的世界。我说，其实孤岛并不孤单，在很久以前是跟大陆连在一起的。如筠见我越说越会贴到两岸关系上，她似乎不想探讨相关问题，便转了话题，只问我大陆城市都是什么样的。我回答，分沿海和内陆，沿海城市比较现代化，内陆则还不发达，有待进一步发展。那你们那有 KTV 吗？我笑了笑，点点头，然后向如筠具体介绍了家乡福州，机场、铁路、商圈、高楼、大大小小的公园、广场，还有这两年还在建地铁。如筠听完，说很想有一天离开岛屿，去看看外面的世界。

临别的时候，如筠从背包里取出吉他，在角落里唱了一段许茹芸的《看完烟火就回去》。

今年的烟火 / 依旧闪烁这夜空 / 想起和你那时候 / 轻轻吻着我 / 想你世纪的温柔 / 很想时间停在这时候 / 你说看完烟火再分离 / 看完烟火再分离 / / 短短时间里 / 我的眼泪满满地 / 心里的爱苦苦地 / 星星满天空 / 满布密密小路中 / 想起

和你的时候／冷冷的寒冬／你紧紧地抱住我／一起倒数跨年的夜空……

我一边听一边抬头看,烟花在天空盛放,成了新的银河,虽然短暂,却在这一瞬之间隐喻了我们的一生。

想起电影《坏血》中的亚历克斯和米歇尔。

在巴黎废弃的大桥上,两个人相拥着跳一支奇怪的华尔兹,漫天绽放着烟火,一切都显得快乐而短暂。后来亚历克斯入狱,米歇尔去见他,对他说:"我想见你,我想你看着我的眼睛。不说话吗?我喜欢你的面孔,一如从前。以为我已忘记你,但每到晚上,总有你的影子。因此我来到这里,是梦境让我来的。梦中梦见的人,醒来就要去见他,这样生活会变得简单。"那夜新桥上的烟花融进他们的生命里,在每个晚上燃起思念的熠熠花火。即便不能时时相见,也无法妨碍爱的持续与深刻。

烟火,在黑暗中被点燃,达到最高最亮的顶点刹那,又归于沉寂。

我想到自己的爱情,在心头短短一瞬,像烟花绽开,又像烟花沉默。

你是不是还记得,那天在马路上,一辆车从我们身后开来,你牵住了我的衣角,并紧紧拉住我的手。

美好的时刻永远只那么一瞬。

人间烟火尚是昨日风光,你我却已不是曾经少年。

温故，待春风

年关一过，便是春了。

我也赶着时间的马匹从记忆的山川迅疾驰过，带着旧岁里那些细枝末节上的雪一路往前。雪是一点点地化，又一点点地酿出桃花的红、梨花的白、柳叶的青、迎春的黄，像一个个故人醒来了，在路上与我照面。

年末，放假在家，自己做最多的事并非跟着母亲大扫除、贴春联或是杀鸡宰鹅，而是一个人在房间里整理旧物。

将它们一件一件翻出，擦拭，看上几眼，再有序放回。在这个过程中，我感觉自己是个与时间对话的人，那些往事深处生长的花朵也都一一在我面前盛开，饱含昨日的光亮与芬芳。

看得最多的无非是从前的相册，卡纸制的硬壳，素淡背景，绘着牡丹芍药图样，里面集着大大小小黑白或彩色的照片不下百张。

多是趁着新年伊始，全家人赶到照相馆拍的，每个人都露出一张满是希望的笑脸。每次翻起，就像故人从时光翩跹而来，坐我对面。凝望间，目光成了一杯清茶，向时间那头递去。

有一张照片，是八岁模样的自己跟着阿姐及其一帮闺蜜去拍的。

那时，十二三岁的女孩，拿着积攒不下数月的零花钱，去店里挑衣打扮，束发抹粉，一脸娇羞而欢愉，青涩而单纯。朱红丝绣花边的古式嫁衣是常被挑的，女孩们披着红盖头，袖子微微滑落，盼郎归盼郎来的眼神，是够迷人的。我因年纪尚小，身段单薄，店内没有适合的服装，我等待许久，拍照的想法便作罢了。阿姐和众姐妹倒是兴致勃勃，一边交钱一边还不忘问着："一日后可否来取？"那语气里藏着她们少女时期天真的理想。照相师傅是个中年人，许因多在室内的缘由，少经风吹日晒，师傅肤白而体态微胖，面色和气回道："需两日。"送客时，他也不忘声声道着："新年好。"

那时照相馆的名字取得相当素淡平实，叫一些"新华"、"光明"、"良记"来着，不像现在的"今生有约"、"巴黎春天"、"罗马假日"等店名满街挂之。而照相馆的照相设备也比较简易，冲洗照片自然要费些时候，不像如今照相之事如此轻易简单，人们往往私下拿着高档手机自拍后，就自顾自地对着屏幕欣赏，满意的便留，不满意的就删。再无从前的等待与激动，缓慢与快乐。心情总是随着岁月和物质而微变，最后到巨变。我们在科技改造的日子里，都不怎么真心实意地笑了。

也从众多五颜六色的衣服堆里找见幼时穿的衣裳，想起过去，若不是过年，母亲是不会为我买新衣的，我平日所穿的几乎都是由哥哥那里改小所得的衣物。所以过年是我特别盼望的时刻，又想着自己要换套新衣了，就分外开心。未进千禧年之前，每逢新春穿的大都是由母亲买来料子请店里阿姨裁制的服装，鲜红嫩绿的尼龙布料，触手而有流苏的质感，笨拙的花边款式单一，但穿在身上倒也妥帖自在。

记得母亲还会买来许多樟脑丸子置于剩下的衣料里面。母亲那时见我年小，千叮万嘱，这货防潮防虫咬，切忌食用。那香气自是诱人，飘飘然，有风过处粉荷微荡起的清甜，萦绕鼻尖，闻过几遍也不觉得腻烦。我将其从衣柜里抽出几颗，捧在手心，上了瘾的猥琐分子般把玩。日光下，芬芳是晶莹透彻的，在空气里混着细小尘埃，一只只动着，这静谧的时光也跟着缓缓动着。

千禧年之后，世道全换了新颜。无论是平日还是节庆，男男女女，老老少少，皆在纷繁的物质社会里感受日新月异。轻松便利的网商平台不断激发人们的消费欲望。所有人对于穿着，不再有那么多的仪式感，一天换一套服饰，款式日渐花哨，色彩上花绿成片。那穿衣的感觉由欢欢喜喜到平平常常，自然没有当初那副岁末迎新时的欢欣模样。

谁有心记得曾经怎样穿着新衣满街疯跑,遇到一些还未身着新装的小孩眨巴眨巴看着自己时的情景?那股冲向春天的得意劲儿,如今还有人再说起吗?只是放在衣柜里的樟脑丸子还如昔时那般飘香,但香味下的心情却不一样了。

至今还一样的,是母亲备好盆、碗、菜刀、砧板唤我过来搭手宰鸭的场景。从我记事起,她就年年除夕前会从外婆那提回一只鸭子。那鸭子被外婆养得肥肥大大,装在网线袋里,嘎嘎叫。它羽毛如雪般洁白,橘色的嘴巴又长又扁,与我对望时,我发现它像是对这世界什么都不懂的孩子那样无知、傻气。幼时,我真想把它当宠物养起来。

我第一回帮着母亲宰鸭,毫无经验,闹了笑话。除夕一早,母亲将我叫到身旁,让我抓住鸭子的翅膀。她亮出刚磨好的刀子,准备去抹鸭脖。恐惧突然之间席卷了十岁的我,我闭着眼睛,手颤颤巍巍的,没抓牢,被母亲抹到一半脖子的鸭子疯狂挣脱着,跳起来,拼命叫着,嘎嘎嘎,这声音不再像之前那样好听,显得无比悲怆。它的血满屋子飞溅,像死亡在作画。我退到墙角,呆呆看着,耳边任由母亲骂着什么,自己已全然不知,像个傻子,面对这个世界的鲜血淋漓,那么手足无措,又无可躲藏。

母亲每次一将这旧事拎出,我自己也会笑起来,是笑自己的胆小吗,还是笑专属于孩子的单纯和善良?我也不知道了。

这一两年，母亲常说外婆年事已高，以后我们家估计要到大街上买鸭了。"那些鸭都是饲养场里'速成'的，没几日就长得肥了，说实话，我都不好意思拿它们献给祖先呐。"母亲略显抱怨的腔调，背后的无奈也是这个多数人都在遭遇的无奈。年味淡去，或许也有这些缘故。

在一年的尽头去温习旧物、旧事，岁月的纷繁肌理又在重新梳理后得到顺畅的重现。虽然人事成风，旧时亭榭已迁，但在怀念里芳草如初，我们用影子又重回昔日路口，与尘埃擦肩，与人事重逢。这是时间沉淀下的暖意，亦是绚烂春熙。

温故光阴中最美的刹那，我们的目光仍在期待未来的光亮。等凛冬过去，雪融草青，花红柳绿，一切所遇皆可期。

我们珍重，待春风。

夜晚的独舞

入夜时,我喜欢独自一人行走在清冷小巷里。

伴一轮清辉皎月悬挂在疏朗枝头,风过处,卸下许多白玉兰的香气。沉浸其中,自得一份洒脱与轻傲。

这是纯属一个人的清爽与闲适,多了一人,便觉得其味淡去些许。再多一人,清甜的孤寂就索然无味。这是喧闹中的人群所无法进行的自省。

我对夜的上瘾程度不亚于对甜食和栀子的迷恋。三者一样勾人心魄,让我这活在俗世里的小厮欲罢不能。通常趁着晚间七八点出门,在马路两旁、街道交错里漫无目的地穿梭,一个人带着对前世的溯源和于今生行走的朝气劲儿享受夜的洗礼。

出门前,常会脱下暗色校服,换身休闲衣物,短发用清甜柠檬发液洗一遍,也不搭理,任风造型、吹干。这是我执意要追求的自我，也是想让春日园子里那排刚抽芽的丁香树知道的真实。我向往这般年少青衫薄的年岁，活得孤寂而雅致，愿意对自己负责，不求人贴心懂得，两三个主流或非主流知己明白亦可。

夜游症的程度，是与日俱增的。这一点，我承认。但我从不认为这便是病了。症与病是有区别的。病是身体机能的消耗损伤，抑或是神经严重错乱而沦落得不易被人操控。而症，于我看来，是种不易改替的习惯，将伴人一生，一时间的愈合与缺失，也不行，否则一个人内心的自由又会少去大半，这是一种悲剧。

想来患上夜游症已有大段时日，原因简单，只因学海茫茫、书山无尽，让自个儿透气不来便选择这一种方式的释放。朋友常说我是在发疯，晚自习的大把时光就这么被自己糟蹋了。他们说出这话，多半是对我的关心与劝告，但也不排除青春期男女对叛逆的妒忌与对乖顺的屈服。我谢过之后，便又独自开始夜里的旅程，一小段一小段往前，踱过白昼的虚浮与聒噪。脚底触碰微凉的地面，又有晚风或雾气迎面而来，抬头，夜空辽阔，晚星点点缀在上面，也像遥远宇宙中的旅人与我对望，给我加油打气。夜里走路的人是清醒的。

走过的路不同，看到的夜景亦是风味各异。

旧家的羊肠小道是常走的。白色细石铺设，在月光下仿佛倾洒一地的盐粒，路窄，够两人并肩通过，大型车辆自然是得绕路了。

在其一侧，有一条清澈沟渠流经。另一侧则栽着青裳树，满树叶片抖动的声响落雨一般好听。春末树上常开的是红花，偶尔夹些瓷白，点缀得恰好，有迷离与颓懒的眉目之感。香味自是不用说的，透着一股幽芳，沁入骨子里，发软发甜。流水经过，常放悠悠的慢调，年暮故人一般的叙述口吻，但也听得有些惊心。毕竟这是一种流逝，生命里路途真切的消退，我们应该深感敬畏，这亦是一种尊重，对自我，也对年老的亲人。

虫子窝在草根里小声叫嚷，有童年熟悉的味道。一些时光便也沿着掌心纹络依次开来。六岁时，因贪玩习性而迷路于深山，亏了阿姐漫山遍野的哭喊，才在月落时摸着她干涸的声腔到了家门，自然逃不过父母的一阵打骂，疼痛之后又回了原状。八岁时和阿哥傍晚出门去捉天牛、萤虫。龙眼树在那个时节开满白花，我们哥俩爬了一座又一座的果园却也没见着几只像样的虫子，扑空不说，又弄得满脸泥淖误了时辰，那饭菜自然是凉了。回去父亲的脸常是板得青青，母亲叨叨喃喃过后，竹鞭子亦是躲不了的。

此后的一些夜晚变得宁静而漫长，原是童年已在嬉戏玩闹间被自己弄丢了，找也找不回，空如汪洋的中学时光便洪荒而来。洪水里，自己开始机械地重复与成长，所能享受的味道所剩无几。风穿过黑黑的短发，穿过宽松的衣物，有点凉。我看到一枚星子在树梢后面隐隐闪着，刹那间还真想流泪。

到了在外求学的小半生，自己更是耗在了都市的夜晚里。柏油路、各种大小街巷亦成了常走之路，兜转其中，乐趣亦是不消减的。霓虹是城市特有的标识，车水马龙，商场灯火通明，歌舞夜夜弄春宵，是不宁静的美。路上骑车而过的少年，多是三三两两骑过，也有一人如我般独自勘探夜路的长度。牛仔裤白衬衣，白得泛了黄，又在风里吹出一把寂寞，这与我是相像的。不过我的表情是路灯明晃晃的淡然，偶尔亦绽着微笑，而他却不同，漠然又略微呆滞的神色，像是翻卷的槭树叶，簌然而下，这是年少必经的焦灼与无奈。

　　这般想来，我倒是喜欢避开这群单车少年，徒步走幽幽巷陌去慢想体悟，看早春的丁香结露而开，在细小枝桠间轻盈芬芳。月光点点照在上面，小小的苞簇动，扭摆，风正微凉，亦带着暖香，温热经行人的身子。我便爱了这般曼妙之感，放在胸口，醉了时光。

　　但毕竟这是在一段不合时宜的夜游，挨班主任的批是正常的。他慈眉善目，拿来期考成绩册，一页一页倒也耐心翻着，跟我聊起现而今课业紧张，自己的成绩何故下降，不该，不该。末尾添上一句，今后晚自习不得再缺席。但选择夜游的权利一直都在自己手中，旁人是无法掌控和剥夺的。特地在班主任眼里表现出几晚的屈服后，自己又照样我行我素，洋洋洒洒地夜行。这是青春的执拗，也是自我的皈依。

走在异乡的夜里不想故地,是说不通的。我常常也会在梦里行走,像还活在那些已经远离的光阴里。通往祖母院落的幽径是常出现的,长着青青翠竹,有薄荷、三七的香气,还会看到一棵又一棵的合欢树,在梦里开成一树一树皎洁的月白。那时也常在梦里听到《牡丹亭》,是吱吱呀呀的昆曲,出生江南的祖母特别喜欢听。祖母说入夜时每一朵牡丹花下都藏着脂粉味的妖精,专吃四处闲逛的小孩。她说得生动,语调阴暗,节奏跌宕,说评书的自然也输于她。而我毕竟是年少,无所畏惧,对夜还是有着澎湃的向往。

这些应是年少青春的路标,让我无法忘记,也不可能忘记。在很多个暗夜里,它们潜入我的内心,如蛇一般,慢慢靠近,缠绕着而又柔软地抚慰。我是这般贪念其中。一个人的夜游症,就好像一个人的独舞。绮梦一般,有内心真实的自由与温存。

这一匹匹我饲养的白马,在夜里任我驾于其上信马由缰地跑,越过冗长烦闷的时期终将抵达一片辽阔的草地和雪原。过程漫长,却又暖着胸怀。

夜游,想必自己这辈子都难以戒掉了。它是一种症,也是一种瘾。

江城子

今夜，月光也是睡不着的，倾洒在宋朝的窗前。

他彻夜难眠，心里柔软、塌陷，在被时间隔离的往事里，爱着、痴着。谁说他豪情万丈，雄浑奔放，不也有儿女情长痴痴念念的时候。谁说他只知官场和酒水，情爱不也深深烙在心口。他居庙堂，也入江湖，心系纱巾红绸，朝思暮想，岁岁年年。

十年生死在两地，阴阳相隔是世间最遥远的距离。一切都改变了，山川、草木、个体的命途与不断坍塌的朝代，无可挽救地变化着。物是人非，尘世尽是苍茫的面目。他也将近而立，仕途算是步步高升，时任密州知州，才华过人，仕途也日渐有所建树，但他却在光鲜之下藏着一颗孤寂的心。

一个人倘若失去挚爱，多少人还会在这夜深之时酣然大睡？他是习文之人，内心敏感自然异于常人。想念去世的挚爱女眷，一个男人的心在夜里飘荡着,若湖水上粼粼的波光,闪一下,心里疼一下。大丈夫亦有柔情的一面。

不再去想她,思念的潮水却涌得更剧烈,何况是十年光阴的长度,多少细流汇成了奔波的大河,思念更是变成一棵在夜里可以接近月亮的树,在风中深情地摇摆满满的花枝与翠叶。但是,月夜之下,这样磅礴的眷想有用吗?只是夜夜加深对那人的思念罢了,一次比一次痛,一次比一次愁。身处茫茫尘世,可以忘却的事情有很多,但唯独它成了心头永远说不出的病痛,若铁树中隐忍萌发的花朵。

是爱啊,多么煎熬,多么折磨人的爱啊,世间男女千千万,有谁能逃过这样的劫难。他是深陷了,而且陷得越来越深,越来越重,越来越没有可以逃离的生机。深陷就深陷吧,煎熬就煎熬吧,逃不掉就逃不掉吧,在爱里,他依旧是一等一的君子,一等一的好男人。

多少女子都在妒忌王弗这个女子啊,此生遇了一个好男人,即便是死,又有什么可遗憾的呢?世间姻缘本就天注定,是茫茫之数,多少人悔了,多少人错了,多少人叛离了,多少人抛弃了,一抹又一抹的泪水,仿佛从那银河落下,哗哗直响,无法医治的痛,多少人尝尽了?于是受尽苦果,痛定思痛,最终也没落得好结果、好归宿,总是埋怨,总是绝望,怀疑这世界的一切不过是一场游戏一场梦,自己的到来,不过形同昙花,是飘忽不定而短暂的活。

而王弗是多么幸福的女人,有这个叫苏轼的男人那样痴迷地爱她,疼她,想她,念她,一分一秒一时辰,一月一年一辈子。现在,这个被万千女子妒忌的王弗在巴蜀彭山一处冷僻的角落里沉睡已过十年,多么漫长的睡眠,如同石头沉默的生息,不见世上年年盛放又凋敝的红荷,也不见夫君如今的音容笑貌日常起居。一切都是沉默的,在死者的睡梦里,黑色是世界独有的颜色,是最奢华的安静。而他终究是想着,念着,蓦然回首着,泪湿罗裳着,千里之外,王弗安好?一夜一夜灯花瘦尽,也听不到任何回应。晚风吹熄心头的灯火,摇摇晃晃,明明灭灭,山河面目模糊,伊人抱以深深睡态。凄凉啊凄凉,男人的心胸谁说是钢铸的铁打的?柔软就尽量柔软,低到昨日花下,低到尘埃深处,像最小的一只虫子攀附着往事的花枝,是苦,也是种幸福。

这世上,女人易动情,男人易喜新厌旧。红颜自古多薄命,男人多薄情。旁观古今,凡夫俗子尚且沉迷女色,才子自然风流,来往烟柳之地,温柔之乡,阅女千数,难抵魅惑。衣带渐宽、为伊憔悴者少之又少,而苏轼做到了,手中日渐有所权势,但也只钟情于一人。面对媚俗世事,他有定力,有执念,有骨气,有操守,而这般对爱的赤诚,有如绵绵春水沁人心脾,令多少自诩痴情却屡屡抵挡不住画皮鬼魅的男子自叹不如,满心羞愧?

时间永远是把锋刃的利器，不知不觉改变了世间的一切，没有任何力量能够阻挡它。柔软的爱啊，年轻的面孔啊，有多少不会像花朵般枯萎，流星般陨落？或许有些人活在回忆里算是最好的选择，无论何时，他们都保持青春时的面容，任凭闲庭落花，月落乌啼，他们一直年轻得如同从前。王弗便是如此。她与他相处了十年，而在他的记忆里，她注定会活一辈子。一辈子的光阴里，他的脑海中总是她的影像，在清晨的庭院看熹微中盛放的花朵，想她；在风里瞥见摇晃的秋千，想她；在潇潇暮雨中听门外孩童骑过的竹马，想她；在辗转难眠的深夜里闻得月下伊人吹箫的声音，想她。她还是那个十七八岁美丽的王弗，那个端庄贤淑、善解人意的王弗，那个能让豪放男子心中再也无法放下的王弗，是尘世中一朵清香的女人花，葳蕤摇曳，随风摆弄，让那个痴心男子的心内深情如水，涟漪片片。

　　有时细想来，死并非是世间大痛大悲之事。有些人活着倒是生不如死，有些人死后却似乎还活在一个人的心中。王弗虽年轻离世，但音容笑貌却存留在苏轼脑海之中，永远不会斑驳消退，一切也都是年轻时的模样，但苏轼却在老去。臣子们大都大江南北地迁徙，像极了不知命途的归鸟，在君王的调遣中疲惫而茫然地活。俗世的尘埃纷纷扬扬，他们满面都是被时间雕刻出的痕迹，那一道皱褶，那一丝银发，如霜覆盖男子的年华。若她某天归来，或者他俩再相见，他想，她定是认不出自己了。毕竟十年不是一条短暂的河流，他已经行至下游，尝尽了仕途艰辛、奔波劳累，而她还在上游，一直都在上游，娇小的脚步不曾挪动一步，亭亭玉立，仍如昨昔。萤火点点，天凉如水，难以消却困顿与思愁。想，增添了忧伤；不想，愁绪就照样弥漫。爱，真是玄妙的东西，想要放下却偏偏放不下，手心手背，尽是日夜想念如纹路般交集又缠绕，成了一个解也解不开的结、猜也猜不透的谜。

他本不该这般，饱受无法相见的折磨，为儿女情长苦不堪言。很多人眼里，他始终是那个"竹杖芒鞋轻胜马，一蓑烟雨任平生"的男子，豁达开朗，说着"也无风雨也无晴"；也是那个吟唱"大江东去浪淘尽，千古风流人物"的男子，豪放至极，挥斥方遒，"一樽还酹江月"；亦是那个泛舟烟渚自问自答，到最后独自"枕藉乎舟中，不知东方之既白"的男子。然而万事万物皆有两面，何况诗人？他在豪放之下亦有一颗婉约的心，若猛虎细嗅蔷薇。我们的生命总是被两个自我挟持，演绎出表里不一的戏剧，这是一个人固有的属性。完完全全只受控于一个自我存在的人，并没有从这个世界上走过。

梦境中反复出现的都是故土的风物，那些风里招摇的草木，那些细细碎碎无人采拾的野花，东一朵粉红，西一朵浅白，像无声无息的火从遥远的蜀地烧到他的梦里。世界存在无数记忆的碎片，在旧日的尘埃里开花，映出湖光山色，映出接天莲叶，映出伊人的明眸善睐，他被这样深夜的梦境惊醒，含着眼角透明的泪，一时间无语凝噎，只等着入窗的晚风消散着那场停留在十年前的告别。

山山水水还是旧貌，任时光离去抑或朝代更迭，烟雨繁花年年凋谢又盛开，只是人世沧桑，往来的新桃都已换了旧符。那梦中的道路却是异常清晰，在月夜下铺垫一层一层故事，在青花中等待天青色相遇，那女子还是青春时最美的脸颊，浅笑绯红，含羞如荷，煞是单纯与天真，但又不失闺秀风范与气质，若风中一树一树的花开，满满的翠绿与殷红。旧时楼台、亭榭、府邸、院落，都是从前的模样，黄莺树梢啼鸣，燕子绕梁飞舞，满城尽是梅子香气，酸酸甜甜，像爱恋中的两颗心，轻轻触碰出清脆的声响，若爱的笙歌。他唤着妹，她应着哥，惠风和畅，山峦在窗外起伏绵绵，河流在谷底轻轻流淌，那静默中徒留这二人的声息，好似云卷云舒。

那夜，红烛摇曳，月光似正被人弹奏的琴弦，每一声都落入他们的生命里。执子之手，与子偕老，对于一个女子，这个梦多么奢华啊，而他就给了她这样一回做梦的资格。那夜的春宵好梦都留给了尘世上从此相守到老的男女，那么多的誓言，那么多的应允，那么多的花生、红枣与莲子，那么多的感恩、激动和泪水，都是甜的，清香的甜，浓浓的甜，含在心里，蜜糖一样化开。两颗心就这样黏在一起，分也分不开。

她在轩窗之下梳妆，铜镜映出秀丽的脸，如花美眷，道的便是这般女子。静静看着镜中的自己，梳子轻快地从乌黑的长发上滑落，像梳理一条银亮的河流。那风从窗外轻轻吹来，夹带花香和雾水，浸润着身体，像打开含苞的花朵，顷刻间恣情绽放。她笑了，嫣红的唇部上扬着一轮小小的弧角，清秀的鹅蛋脸水波一样荡漾，却始终没有露出一排皓齿，不胜凉风般娇羞。而他看得入迷，也竟是浅笑，仿佛是看着画中走出的女子，此刻静坐于自己面前。他低头看窗台上的她，她媚眼一瞥，又羞答答得转过身去。这绝美的时刻，两个人是站在世界之外的两树花开，不离不弃。

　　而这一回，在月下，沿着月光的旧址归去，满身风尘之后，他似乎又看见她了。她还是这般精致的妆容，没有被时间削去一毫一厘，他却无法将自己封存在十年的容器里而永葆容颜，东坡已经老矣。她依旧坐在窗台下细心梳妆，并轻轻唤着郎君归来。他匆匆推门而进，像等不及太多太多的沧桑变迁。时间在那么一刻，是凝固不动的，鸟不啼鸣，烛火不摇曳，街巷中的犬吠也全都喑哑。

　　他望着她，十年生死两茫茫。她看着他，话憋到心口又重新咽回。十年，改变了太多；十年，离开了太久；十年，山水一程又一程，天涯路远，长夜漫漫。灯花瘦尽一宿又一宿，日日盼，夜夜念，相逢之期应是何年何月。而如今，彼此见到了，重逢了，却怎么也不说话了？是要说的太多太多，而不知从何开始，还是怕说出一句时间就无情地加快了步伐离去?

沉默了不知多久,她多想开口问他,你信不信轮回。

而他此时,面对终日恋恋不忘的她,也多想说,我多想你还在原地,就像现在一样。

可终究还是静默无声,两个人在熟悉的夜里却再也无法温习昨天的日子,过去的都过去了,云雾散了就散了,花草谢了就谢了,人走了就走了,但他对她的情不变,她对他的意还在,只是放在心里,像珍藏一段最美的时光,谁也不忍心道破了。

于是眼泪成了唯一的话语,滴落而下,每一颗都是岁月一道结痂的伤口,也是一部无言之书,千千行都是爱的倾诉和抚慰。千万语就交付给泪流满面的光阴吧,好让它在掌心再雕刻出新的纹路,一道比一道清晰,一道比一道深刻,就像这一场隔着遥远殊途的爱。

今夜,月光那么不安分,终究是把他的梦给吵醒了。一切又都要结束了,是不是太短暂了?然而风月自是无情,哪管世人的情爱与生死。

他泪湿枕眠,万分难过与不舍,像这辈子永远也好不了的伤疤,刻在有月亮的夜晚。

今后的十载、二十载、三十载,恐怕也应是这般度过了。他起身,再也睡不着了。启开门窗,遥望天边的某个地方,就是那个年年断肠的地方，就是那个心中再也无法放下的地方，就是那个哭过痛过朝思暮想过魂牵梦萦过的地方。

月色清明，芳草萋萋，风吹岁月的碑文，那女子静卧安眠。

爱一旦生根，就永远不会枯萎。

第五辑
日光蜉蝣

时间的远方

脸

那根绳索

你很想赢吗

懒者的囚牢

潜心耕耘,瓜熟蒂落

看它们,也看自己

与紧张和解

身在美中

时间的远方

曾在鹿谷一家茶社小坐，店里陈师傅唤来小童净炉燃香，他自己则去烧水。水壶很快咕噜咕噜响着，随即止住。他提壶而来，用热水温杯，然后笑脸盈盈从茶罐里舀出冻顶乌龙，置于杯中，沿杯壁切线方向倒水，茶叶像鱼群似游起来。

陈师傅两鬓已有白发，如染微霜，面庞和善，目光如炬，专注于手中流转的杯碗，一面又与我们攀谈。言及茶与人生，他虽不是寺庙高僧，但也有很深见地，充满个体阅尽沧桑后的朴素体悟："我泡茶一般会比别人慢，我喜欢看茶叶慢慢舒展开的样子，也喜欢看这取来的江中白水一点点有了清雅之色，像看到了时间，看到了生活，看见了一个人的成长。"

他边说，杯里的茶叶便逐渐晕开，汤色清淡，香气四溢。一枚青色的茶叶摊开了自己，也摊开来时的路途，它所经历生命的种种状态，此刻都沉淀在这杯中，是时间的味道。这滋味像极了禅，只能品，不能说。

撇开疾病与死亡的部分，许多生命的状态是当局者的我们不易感知的。尤其是时间，它的流逝，太像个贼路过我们身旁，谁也不会第一时间发现它，等我们缓过神来的时候，一切已属于昨天，一切已属于遥远的过去。

我们常在别人的提醒中，认识到自己的天真与浅薄，而这也是成长中一门重要的必修课。

开学时，我去听一位同事的课。面颊已有雀斑和皱纹的她，穿着自以为是年轻的绿色卡通宽松毛衣，站在学生面前，热情地望着底下坐着的一张张明媚的面孔，突然说让学生猜猜她的年龄。我看到她满脸笑容，尤为自信的模样，似乎这些孩子将要齐声喊出她想听到的那个青春数字。可惜，一个男生举手，站起来，给出的答案是："老师，您年过半百了吧？"她的脸色顿时暗下来，由自信转成一丝诧异。一个女生似乎察觉到我这位同事的尴尬，连忙举手，说："老师，我觉得您挺年轻的，大概就三十五岁左右吧。"同事脸上由诧异又沦为失落，显然这也不是她想听的。"我刚刚还听到有同学说我是二十八岁……"实际年龄将至不惑的她在嘴边喃喃了一下，全班顿时笑出了声。

我理解她的境遇。三十八岁前一直在社会漂泊的她，曾做过精神病护士、钢管舞演员、编辑、记者,后因创作才华被学校特聘为文学写作教师,成为我的同事。有将近十年的时间,或许在她的生命中是无意义的,她自动删除了相关记忆,于是在这全新的地方,她带着那颗二十八岁的心来,面对这些十八岁的孩子。但时间就是如此严苛,留下的痕迹都铺满她的面颊,她永远也无法掩盖。而她还活在自己依然年轻的谎言中,仿佛一个不愿醒来的人。

换季时,我像只鼹鼠钻进衣柜里,努力寻找合适的衣物。挑了一身从前的衣服,站在镜子前,看着自己的模样,有一瞬间的恍惚,觉得自己还如昨天那个青葱少年,但又明显觉察到与过去的不同,是什么?一时也说不上来,只整理一下衣领,捋直衣袖,准备出门。母亲这时从厨房出来,撞见我,上下扫视我一眼后,将我拦住。母亲说:"你已经是个大学老师了,要有二十七八岁人的样子,不要再像学生时代那样穿,否则这过去的几年你都是白过的,世界会看不起你。"

我明白她话里的意思,我们都需要遵循时间本身带来的改变,认可每一个阶段的自己,无须遮挡、隐藏成长的痕迹,它是时间给予我们的礼物。

太宰治在《晚年》中有过一段叙述:"想着去死来着,可今年正月从别人那儿拿到一套和服。算是压岁钱吧。麻质。鼠灰色细条纹花色。是适合夏天的和服。所以还是先活到夏天吧。"这是心底非常幽微的想法,让人对时间的流逝有了期待与希望。内心丰盛的人，会在荒凉的世间，以时间为路途，找寻到自己的信念所在。

年轻时的张爱玲曾在夜间听得窗外飘来喇叭声，几个简单的音阶，缓缓上去又落下，在这嘈杂的城市里，这样的声音太难得，但又有多少人听到呢？张爱玲问姑姑有听见喇叭声吗？姑姑说："没留心。"几个夜晚过去了，张爱玲是落寞的，全世界似乎只有她一人能听到，她不免怀疑或许原本就无人吹起喇叭，只是自己听觉上的回忆罢了，但她心底仍未放弃期待。就在此时，外面有人响亮地吹起口哨，是喇叭的调子，她立刻站起身，满怀喜悦向窗口奔去。

近似这样的经历，我也曾有过。在硕士毕业日子临近时，看着周围整日往来奔波的同龄人，我仿佛是站在墙角的局外人，说内心没有躁动不安的情绪是不可能的，还是会想，自己究竟要去哪里，进入什么样的环境开始新的人生？二十五年的光阴，推着我不知不觉来到了人生的拐弯口，在什么都不确定的未来，我只知道自己在做着喜欢的事情就足够了，比如写作，比如阅读，比如旅行和跑步，在每一个日子里起舞，不辜负如水似流逝的分秒，努力活成自己的模样，时间自然会带我去一个不错的远方，当时心里的的确确这样坚信。

后来，我站在大学讲台上，成了一名中文专业教师，兴趣的领域与工作之间画上一个对等号。时常一个人走在校园里，抬头仰望天空辽远的穹顶，有一丝光穿过云端降临我生命的领地，照耀着我余生的远方，我勒紧背包，继续往前，肩膀上承载着时间赠予的力量。

在一件事上，当你坚守了足够长的时间，命运总会眷顾你的深情与执着，将你想要的礼物送到你面前。

我不曾轻视时间，我每天都在正视它，并且接受它，从不规避或想逃离它，我相信时间会把我带向远方，越来越靠近一个努力的人所设想过的远方。虽然在这过程中，我们或许会在一种终日机械重复昨日的生活中失去方向，瘫坐沙发，看窗外天色更迭；会恐惧、担忧于时间巨大的威力，对一些事物的消磨、损耗，甚至是毁灭；会在无枝可依的现实中生出绝望，爱没了，恨也不再有，如陷沼泽，只等着时间静静过去，淹没所有。但只要我们拥有像时间一样奔流向前的勇气，不沦丧于人生停滞的境地，远方必然有欢庆的鼓声、飘扬的风帆、壮阔山河与熠熠星辰，等待远足者前来。

时间无形，又似乎什么都是它，青草是它，潮汐是它，夜空中的花火是它，林间啼鸣的燕雀是它，枝头结出的果实是它，阳台上晒干的衬衫是它，热水壶底的银垢是它，桌上渐熄的烛火是它，房间里挥发的蚊香液是它……重新审视时间留在每个人生命中的刻度，发现人与人、人与物之间的关系都因时间的介入而发生碰撞和共鸣。我们受惠于这样的关联，而思考，蜕变着。

十九岁离开家去读大学的那天，我坐在由南往北开的火车上，想到这一生可能就此开始飘荡，步履不停，会奔去一个远方，又赶到另一个远方，风月离合，颠沛流离，我和流淌的时间一样再也无法回到原处，我们都要走完很长很长的路。

现在再想起，觉得这条路也不太长了，自己正靠近三十岁，每一天的日子显得尤为宝贵。虽说时间无尽，但我愿将它着眼于个体身上，而不放眼寰宇上下，于是生命即时间，一个人存活于世有多久，时间在他那里就有多长，当我们翩然走向人生尽头的一瞬，我们所能感受到的时间就此完结。所以，我无比珍视时间。

庆幸自己面对繁难、庸常、不知所终的生活，始终在以理想与之做抗衡，也知道再努力，也很难拗过现实的壁垣。毕竟人是如此脆弱，仅如地表上悬浮的尘埃，最后落定，成为泥土的一部分，但在一切结束前，我不会放弃成为自己的可能。

成长是一生的事情，在时间面前，我们永远是孩子。时间是世界塑造我们的隐匿手掌。愿每个人在有限的生命当中，都能被它的掌纹摩挲轻拂，出落成自己期待的模样，遗世而独立。

桃李春风一杯酒，愿我们时刻都满怀热忱与爱意，好奇和单纯，不畏前行，照见本心。

在星辰密布的苍穹之下，时间是暖光，时间是白马，是你衣边的风，肩上的花。

丁丁咚咚的泉，层层叠叠的梦，告诉你，你还有远方，你还是个孩子。

脸

1

从清水中抽出脸来，在镜子前立定，坐好，闭上眼睛，想象此刻的自己正在换上别人的脸。

先是爽肤水带着些许酒精的气味从脸上抹开，我如置身雨后的林场，紧绷的面颊瞬间变得清爽；之后乳液与皮肤开始接触，毛孔如同张开的小小嘴巴，很快就吸进黏稠的白色液体，脸蛋逐渐嫩滑起来；再涂一层保湿霜，由指腹绕着两腮往外旋转、抚摸，想象星球在面部的宇宙上温柔运转的轨迹。

做完这些，我睁开眼睛，往镜中看去，还是自己的那张脸，松了口气。姐姐站在一旁，说："这些仅仅是基础护理，神奇的事情在后面，不习惯就继续闭眼。"

一张脸，自己究竟要花多少精力去照看它？作为一个男生，在很长一段时间里，我从来没有思考过这个问题。直到今年寒假，似乎自己仅仅只是一觉醒来，这个世界就进入了一种焦灼、慌乱的状态，我在窗边往外望去，满眼是口罩，什么东西都在失去最初的面目，在遮蔽下看不清楚了。面对突如其来的疫情，原本就不景气的图书市场更显低迷，作为一个普通的写作者，我也接受了出版方的建议，开始在线上宣传自己的图书作品。场地是家中的一处小角落，工具是一台手机，在 5.8 英寸的长方形屏幕里，我看到的仅是自己的脸，屏幕另一头正坐着一个个上帝，他们以匿名的方式发送汉字或表情，让我知道自己正在被观看。

2

也是过了很久才习惯自己像猎物那样被陌生的目光捕捉。

每次理发时，我都害怕师傅会盯着我右侧的额头看。在刘海被剪刀咬开的一刹那，弯曲、扭捏、身长 2.4 厘米的伤疤就像蜈蚣一样爬了出来。下面是凸起的隆块，坚硬，突兀，像座山丘，矗立在我略显扁平的额头上。那是小学体育课上自己跟同学练习摔跤，一不留神被对方摔到石阶上留下的伤痕。我到现在时常仍会感觉到疼，并非来自伤口本身，而是由于被人注视。

当然，几次过来理发后，师傅也已见怪不怪，后头再看到我额头上的疤也像见到老熟人一样自然。我一紧张起来，他便跟我打趣，聊起他手臂上的一道伤疤。"以前当学徒时心可大了，有回没注意被刚烧好的热水烫到了，你看，像不像个纪念章盖在上面？"他一边说，一边停下手中的剪刀，捋起衣袖给看我。他笑着，仿佛那烫伤的手臂并不属于自己，目光那么温柔，仿若夜晚洒落的星光。

现在呢，只是面对手机屏幕，我却也显得慌张，恐惧的源头来自一种无法确定的陌生，在手机传输的信号那头，究竟坐着怎样的一群人，带着什么样的目光围观我，是欣赏？是嘲讽？还是可怜我这样一个在这个时代无奈露脸的写作者？我愣愣地盯着镜头。似乎少了点什么，心头总是有种不安，空落落的，像怎样都无法落地的脚掌，踩着辽阔的空。姐姐说："没有人愿意盯着一个素颜主播超过十秒。"她反复提醒我要学着保养和化妆。

"可我是男生啊！"我对她喊道，眉毛中间挤出一个"川"字，并做出拒绝的手势。这是从小生活的乡野环境及父辈一代人的雄性面貌对我根深蒂固的影响，红面膛，短头发，发楂里夹着草木灰，一身黄土味稻谷味，任汗滴从头上身上朝着地上吧嗒吧嗒落。我的骨头、皮肉，还有意志都有来自雄壮山河的参照。"娘"是与"父"对立的，如同"女"跟"男"在性别上有清晰的界定，不容模糊与篡改。阴柔、妖娆、妩媚、软弱这些形容词所指向的修饰物,在作为成年男性的我身上禁止出现。

"但这个时代不一样了!"姐姐有些生气地看着我,加重了说话的语气。

初中毕业后就跑向城市的她,同所有进入到潮流前线的年轻人一样,有着跟乡村永远敌对的审美认知。村庄是她幼时拿到的棉布鞋,耐脏的鞋面上没有多少花哨明艳的图案,硬邦邦的鞋底仿佛携带着村庄的历史和故事,她的生命无法承受这样的一种"重"。她要轻盈,她要纤细,要光亮,要体面,要快乐,要商场、咖啡馆、牛排店,要KTV、健身房、美容院,要电梯、公交车、地铁、二十四小时便利店。而朴素、单调、落后、平凡、贫穷的故土只是她所面对的一间老屋了,所有的瓦片、房梁、墙面、房柱都挂着愈发焦灼的灰烬味,散也散不去。

她轻叹口气,让我好好看看镜子里的自己。

我点点头,如风一吹树叶就动了动。

3

我平静地打量着映入瞳孔的男孩。他皮肤粗糙,面色暗淡,眼袋重,眼圈黑,嘴唇皲裂如旱地。这是我看到的村子里所有同龄男性的模样,毫无异常,他们都在遗忘自己的皮囊,迎接着岁月,迎接着跟父辈相像的明天。

"但你再瞧瞧他们……"姐姐用手点开手机上的照片,并将其不断放大。我瞥见一张张少男明星青春的面孔。他们与我生活中遇见的那些男孩子相比,好像来自另外一个世界,那里灯火璀璨,每个角落似乎都挂满华丽的衣裳,大家没有生活的痛感,也没有时间的压力,那一张张光亮帅气、没有丝毫褶皱的面孔就是最好的佐证。他们施着粉黛,画着眼线,涂着唇彩,双眼戴着美瞳格外明亮有神,这些在如我这样的男生看来极其女性化的部分,似乎很自然地融入到他们的身上。

"你看着他们会觉得不舒服吗?他们的粉丝可都是女孩子,女生对他们都没意见,喜欢得要命,你还觉得有问题吗?"姐姐仿佛在为我和她有差异的审美辩驳着,她一边说一边已经从她包里掏出各种工具,"你去满大街看看,现在那些好看的男生,有几个是天生的,还不是保养跟化妆出来的。都什么时代了,哪个人就只会单纯看你写的东西,你的脸很重要!来,坐好,头抬高点,看不惯就把眼睛闭上。"

姐姐在城里商场当服装导购员,常年累月见过太多想法顽固的顾客,早已锻造出一套叫人无比信服的说辞。我竟然在她的话语声里,像一头绵羊,闭上了眼睛,并在黑暗中期待着她会如同一个技艺精湛的魔术师,让我看到一个新世界。

4

生命当中,记得第一次听到"保养"这个词,是在高二下学期。

一次周末晚自习,我先到教室,随后听见后边来的女孩子一阵清脆的声音,我悄悄转过头看了一眼,一个女生对另一个女生说:"你都十八岁了,怎么还不懂得保养?"被问的女孩摸了一下自己的面庞,低下头来,随即又抬起头,看向那个精心打理的女生,眼中发出渴望的光芒。

当青春不再繁盛的时候,我们开始通过各种方法延缓它的逝去。许多人选择化妆,因为它最见效果,瞬间让人光鲜亮丽,仿佛回到昨日。

"好了!"随着如画师一般的姐姐停下手中的眉笔,我睁开眼睛,看见镜子里的少年如此陌生。他皮肤白皙粉嫩,眉毛如剑,又显浓茂,二十七岁的自己又变回十七岁的模样,我问姐姐:"这真的是我吗?"她得意地点点头,用手轻轻整理我额前的刘海,漫不经心地说:"你会喜欢上这种感觉的。"

在她那里,我开始认识一些新词汇,如同发现一个个新大陆,譬如"眼霜""面扑""乳液""角质""T字区"……在这之前,我或许听过它们,但并不知道它们的实际模样。对像我这样没有碰过化妆品的男生来说,它们曾遥远得像我永远无法登陆的岛屿。姐姐像个老师,不断细心地想把存放在她世界里的词汇教给我,不忘交代"你需要学会做这件事,有时间自己就练习,不难的"。

而我一直是个非常笨拙的人,对于化妆这件事,始终没有学会。姐姐呢,本想好好让我学到这个在当下她觉得跟学开车一样寻常的技能,但无奈受新冠肺炎疫情影响,她上班的商场入不敷出,准备裁员,这段时间她必须兢兢业业保住这薪资微薄的饭碗,无法轻易请假回来。她帮我联系了一家形象设计公司,其实是一家小店,在区里,离村子还有些远,但因为去年村口通了公交车,市区似乎也就离村子不远了。

慢慢地,村子也像一张正被焦躁世界改造的脸,大刀阔斧中,自然的面容在淡去,人工的凿痕比比皆是。山不断被炸裂、推平,农田不断被征收、填土,那些果蔬草木——大地肌肤上的汗毛都成了灰,工厂、商品房海市蜃楼般冒出泥土,在昨日尚还荒芜的大地上探出现代都市的脑袋。

但即便这样,村庄始终无法跟城市的那张高级脸相比,跑向城里的人反而越来越多,面容畸形的乡村在日光下显得空荡荡了,枯枝败叶上落满了一层厚厚的水泥灰。

这是一张洗也洗不干净的脸了。

5

说到这家形象设计公司,兴许是店租便宜的缘故,它坐落在城市的老街上,新潮的店面装潢跟周围一排老房子格格不入,店名叫"巴黎春天"。它就像偶然闯入养老院中一个特立独行的年轻人。

我走进"巴黎春天",不做其他项目,仅仅是在里面化妆。多去了几次,就跟店里的化妆师十分熟悉了。

她扎着马尾,化淡妆,隐约还能看见眼睑的脂肪粒和额头的痘印,戴着蓝色口罩,一身牛仔工装。每回我坐在她跟前,觉得自己就像个流水线上的产品,她按照习惯的步骤熟稔地塑造我的面容,起初可能是因为疫情还未解除,也可能是她性格原因,她并不跟人聊天,唯一能与人沟通的只是一双常显倦怠的眼睛。去过两次以后,相对熟悉了点,才发现她挺爱说话。

她问我化妆的目的,我说是为了做直播。她说疫情期间,主播带货的生意倒红火得不行。我说我是为了宣传书,她笑了一下,说少见。顺便她指了指左首的一个过道,说:"那里可能适合你,租一个小间,化好妆就可以过去直播,拍摄的、打光的设备都有,隔音效果也还行。噢,要是播的时间过长,妆花了,还能立马过来补妆。"

我被她一说,便起身,好奇地往过道走去。过道曲曲折折。穿过一个照相布景的屏风,会看到两旁有很多小房间,很密很深,无论白天黑夜都需要开灯。我像走进一个迷宫一样,一间房正好半开着门,空空的四壁,那些留着油渍、烟灰的桌子像终年躺在这里的浪人,桌上的手机架、音响、茶杯、护肤液的瓶子仿佛放了很久,位置从来没有改变过。四周散发着一股浓郁的、沉闷的气息,从房间一直弥漫到过道上,像密林中永远无法驱散的雾气,也像一些人停滞在此的命运。尘埃起起伏伏,见证着这个狭小世界每天往来的身影。

"以前人不多的,现在每天尤其是夜里都能租满,唱唱跳跳,哭哭闹闹,什么样的直播方式都有,就为了赚钱。你要来一间吗?"她这下又像个销售员在跟我说话。被我摆摆手婉拒后,她嘴边嘟囔了一句:"这年头,实体生意真的越来越不好做了。改天我可能也要去当主播了。"

"带货吗?"我问。

她答道:"教人化妆。"

我们一下子都不约而同笑起来。

6

人逐渐迷恋化妆,很大原因是妆容有时如同面具,我们躲在后面,可以不用暴露自我真实脆弱的部分,言行举止也可以换成一种陌生却想尝试的风格。久而久之,逃离自我,自己就成了别人,不必在乎过多目光,不必承担太多责任。

某一次她撩开我的刘海,看到我右边额头因摔伤而留下的疤痕,略显惊讶后说:"可惜了。"我扑哧一笑,回她一句:"没事的,都习惯了。"

她忙补了句:"我也习惯了,来化妆的,脸上基本都有问题。"

我突然张大眼睛通过镜子看她,她收到信号,知道我很好奇,便开始讲第一个故事。

"前天来了个女孩子,给她上妆的时候,发现她戴的是假发,我往她额头抹 BB 霜的时候,见着很多伤疤,就像蜈蚣那样趴在那里,我迟疑了一会儿,手都不利索了。"她说起时目光里仍带着恐惧。

"她那会儿也知道你在看她吧，她是不是很难受？"我问。

"没有，女孩很淡然的，跟我说，她上个月出了车祸，比较严重的那种，头都快撞坏了，以为自己要死了，后来抢救过来，头上缝了数不清的伤口，在病房待了很久才适应了镜子中的自己，因为见到了医院里太多的死亡，就觉得老天对她还算好。出院后，就想好好生活，过来化个妆继续去学校上学。"她一边解释，一边蘸着眉粉往我眉上描，话一说完，两边眉月已经清朗俊秀，节奏控制得近乎完美。

而我还在想该怎样评价故事里的女孩，坚强，勇敢，乐观，似乎所有人面对这样的人物素材，都能想到的词，我却想藏起来，脱口而出的是："真是个有意思的人。"

"可不是。"她没有太多笑容，回了一句，随后对着镜子里的我说，"还满意吗？"

我腼腆一笑，面颊不知不觉羞红起来。

她说现在的人都追求精致，好多男人也学着化妆、保养自己了，尤其是从"90后"这一代人开始，这股潮流都铺开了，她已经见怪不怪了。

每天都有很多人出入影楼化妆间。有经常熬夜而面色憔悴的大龄女性，为了相亲来这里获得一种新形象；有上了岁数的阿姨，试图在粉底覆盖下重新找到年轻时的感觉；也有要参加各种求职面试的青年，想在这里拥有自信的笑容……为了让别人喜欢自己，太多人都在这里改变自己，真实与虚假不再是他们考虑的内容，多数人只是想得到一种认可。这样的"认可"可以是一句赞美，也可以是嘴角浮现的笑意，甚至仅是一道温柔却稍纵即逝的目光，这些常构成他们活着的资本或意义。它们仿佛被倾倒在人生纸面上的水墨，会从第一页一直渗到此后的许多页，谁想要真正摆脱，已不太容易。

7

凝视镜中的自己，暗淡、粗糙的皮肤在水、乳、霜及粉底涂抹下变得白嫩、细腻、光滑，过往的青春似乎通过镜面返回，紧闭的双眼和嘴唇张开，显示出一种奇异的神情，不得不佩服化妆师的"妙手回春"。

身体是一部私人史，而脸面通常是其中公开的部分，每个人都珍视其裸露在众人面前的机会。五官、肤色藏着我们的身份，在乡野和城市两种环境下分别成长起来的个体于此方面显然不同，旁人一眼便能瞧出，这是后天很难遮掩的部分，但有人仍想努力掩盖人生的来路，而获得一种高贵。

她跟我说起一个客户，"是个小伙子，年龄跟你差不多，来做皮肤的，要漂白，说实话，这一项，我们店里很少做的。毕竟对皮肤伤害很大，以前就有个明星，美国的，很出名，就做了漂白，结果很吓人。我跟他说，平时化妆就可以，他说全身都想白净，还是想做。"

"那个明星是迈克尔·杰克逊。"我回答她，顺道又问，"那个男孩子一定很自卑吧？"

"他应该是常年在海边渔村生活的孩子，终日吹着海风的人皮肤都是这样，黝黑、粗糙，后来到了城里学习、工作，受周围环境影响，都想有张好脸面，有个'好出身'，连生来的肤色都要改。"

人们都喜欢鲜明的面孔和身体。浓密的眉毛，刀锋般的眉型，白皙的肤色，莹亮的瞳孔，擦着腮红的两颊，两侧涂抹阴影的鼻梁，樱桃色流光的唇彩。我们观看这些，色彩与形体的冲击，掩盖了之外的细节，意识远离事物本身的真相。越来越多的眼睛沉沦于颜色与形式的泥沼中，无法瞥见真相，寻找真相，在异常魅惑的时代，逐渐失明。

读过蒲松龄的《聊斋志异》，其中《画皮》一章及其衍生的故事改编文本，无不在探讨人与皮相的关系。从古至今，少有人能够经受住外在世界的诱惑，而如松般坚定生长于这天地间。妖精准抓住人性当中的这一弱点，施以魅计，世间男儿皆被引入情欲陷阱。一个人要想控制身上的动物性是不容易的，尤其在当下时代，可挑选可观望的方方面面实在太多，我们都迷失在欲望的深海当中，找不到一张属于自己真正的脸。

8

"但不是所有的人都是来化妆的。"

她偶尔跟我说起一些特别的人，他们平日里承受了太多脸上的脂粉和别人的目光，来这里或许只是为了躺一会儿。她帮他们卸妆，在这不被太多人关注的角落里，会看见这些真实的生命，他们的身体都会在蘸满卸妆液的化妆棉拂过面颊后微颤，镜子里逐渐显现出另一张脸，皱纹、斑点、疙瘩、疤痕……时间对人的残酷在那一刻淋漓体现，谁也没有被它轻饶。

"有个女孩子，本身很水灵，但因为工作需要，需要时常化妆。有一天她来我们店里，我给她卸妆，当她在镜子前看到自己清爽的面容时，瞬间哭了，说真累啊，这样的生活。"她在最后一句话上加强了语气，之后又继续轻柔说道，"我是理解的，我每天也要化妆来上班，主要是淡妆，但还是嫌麻烦。你们男孩子都不知道我们花在一张脸上的成本有多高，伤害又有多大。经常化妆，就会受到化妆品的摧残，变得暗沉粗糙……"

她絮絮叨叨聊起来，说着别人，又像在说自己。我期待她会跟我说到更多关于她自己的部分，除了工作以外的生活，她的丈夫、孩子，或者她的原生家庭，我乐意去倾听所有家庭的故事，从中找寻自己关于家的记忆，作为一种参照和提醒。但她每次都能控制和客户聊天的范围，不逾越分毫到自己的私人生活里，好像一个夏天里穿着得体的女人，恪守内心道德标准，不裸露多余的部分。

9

我到现在，仍只是记住她晃动的马尾，眼睑的脂肪粒，额头的痘印，以及蓝色口罩上面的眼睛。很多时候，我甚至觉得她跟我说的那些话都是从这双眼睛里传出来的。

众多血丝游弋于她的眼白，眼珠似乎覆盖着一层灰色的薄膜，她也懒得将其转动，看我时，眼神显得冷静而无意图。这是她身上无法用粉底遮盖的地方，极其真实表达着她的疲倦、木然，好像对这世界、对这生活，没有爱，也没有恨。直到现在，我都不知道她的名字。

但我对人的外表与内在的深刻理解，却很大程度上来源于她一次一次为我化妆的时刻。这是非常奇妙的事情，她提醒我，也带给我思考。我仿佛透过她看到了她所接触到的那些人，为皮囊、为欲望愁苦的一批人，他们分散于这个社会的各个角落，因现实境遇而共同抵达这里，在镜中与镜外世界里更换表情、身份及命运的路径。过去和此刻在这里，虚假和真实在这里，赞叹和唏嘘在这里，一个时代的悲欢在这里显出雪泥鸿爪。

从降生到离世，错综的褶皱是交错的谜面，强调着一个不容回避的事实：人从褶皱中来，也要回到褶皱中去。无论怎样遮蔽你的残缺或延缓衰老，那些皱纹，那些褐斑，那些脓包，那些血丝总能见缝插针地在某个时刻暴露。

完美在人身上是一个不存在的评价用语，谁都有或大或小的缺陷，来自天生或者后来的环境。化妆给他们带来皮相上短暂的完美之感，你可以说那是他们的错觉，一切都会在卸妆后回到之前的生活，但他们享受这些须臾错觉，好歹世界在这时有用正眼瞧过他们。

他们可以靠着这张脸，继续在生活炫目的舞池中跳着欲望的探戈，含着哀情的泪水，或由衷的欢笑。

后记：本文为第七届全国大学生"野草文学奖"一等奖获奖作品，入围 2020 年《北京文学》中国当代文学最新作品排行榜，收录文集，作为纪念。

那根绳索

一次坐在县城的公交车上,看见几个小孩奔上来,一个身形消瘦的男孩迅速占领我前面的空位,并把书包丢到邻座空位上,激动地朝随后而来的小女孩招手:"这有空位,快过来坐!"一个可爱的小胖墩无奈地看了这两个坐在一起的小孩,就到车厢后面坐了。

车在笔直的马路上平稳地开着,过了一会儿,坐在我身后的小胖墩突然挪步到了前面,指着先上来的男孩,跟女孩说:"我妈妈说,他们家很穷,别跟他玩,到后面跟我一起坐吧。"

女孩看了一眼坐在身旁的男孩若有所思,之后对小胖墩点了点头,两个人就坐到了我后面。

刚刚帮女孩占座的男孩,此时孤单地坐在我前座,背影非常非常的薄,肩膀在抽动着,好像哭了。

那一刻,我觉得他很熟悉,像过去的自己。

年少，在很长一段时间里，我有和他一样相似的经历。生命里总会到来许多玩伴，但后来他们又默契似悄悄远离我。原因就如公交车上小胖墩的妈妈曾经对他说的一席话："别跟穷人家的孩子玩。"物欲横流的时代容易催生出许多畸形的价值观念，在一些人眼中，穷人约等于坏人，唯恐避之不及。

那时，我家究竟有多穷而使尚处幼年的我成为一个"坏人"？我家的穷，单从房子就能明显看出。宅子简陋，门是用几块木板钉到一起的，上面裂纹遍布，父亲便刷上绿漆，但没覆盖住，过段时间又条条毕现。墙壁是用很大的石板立着围起来的，有很多缝隙，小虫子都喜欢往里钻。后院是个长方形，面积不大，只够种一棵槐树跟栀子树。台风过境时，整座宅子有种快被掀开的感觉。瓦片飞着，相互碰撞，掉到地上变成碎片，如同光阴的死者。院子里的树木花草都使劲摇晃着枝叶，好像一群被苦难折磨得要死去的人，不断挣扎、乞求。老旧的墙壁经常落下尘土，谁走过，都要随手往身上拍一拍。

这些年，到过许多人家里做客。去富人家，每回总是小心翼翼，该穿什么衣服，用什么样的谈吐，鞋子脱不脱，喝茶时的动作，目光要安放在哪里，光想这些问题就已绞尽脑汁。到穷人家，对我来说，便很舒服、放松，做什么都行，没有谁会计较，自己就像回到了最初的那个家，破落却温暖。

春天的时候，母亲会在院子里架起竹竿，将冬天里存放许久的衣物、棉被拿出来翻晒。经常见到她捧着一盒针线，走过一件件被春天的阳光晒着的大衣、棉裤，仔仔细细检查，见到衣线松了的或是掉了纽扣的，她便停下来缝补一会儿。我望着她的背影，被日光浆洗得透亮、干净。她认真地生活，为了我们每一个人。

那时，岁月也是一树落也落不尽的槐花，细细密密的花朵像雨点一样填满院落。我和母亲躺在床，时间仿佛也跟随我们躺下，动也不动了。我没有想到未来，也没觉得自己会长大，以为日子就这样绵延下去，自己会一直住在这座小小的宅子里。窗外的槐花、栀子花尽情开落，我所有的欢喜、呼吸，都连同它们被风吹起时发出的沙沙声，融到一起，分也分不开了。

人之初生，有美丑妍媸，有贫穷富有，上天看似有些不公平，但活在这天地间的众生，悲喜始终是平衡的。穷人也有富人无法拥有、即便用权势金钱也无法兑换的快乐。在漫长的贫困期里，总给我带来快乐的是父亲。

记忆中，父亲常把年幼的我放在老式凤凰牌自行车前面的杠子上，他两手握住车头，风一样呼呼骑出去，带我去买糖果，或者去山间、海边游玩。那时觉得世界上跑得最快的交通工具就是父亲的自行车了，一有大风吹来，我就坐在车后座上兴奋地喊，"爸爸，爸爸！再快点，再快点！"我用手环住爸爸还很细瘦的腰，闭上眼睛，觉得自行车飞起来了，越来越高。底下的房屋、马路、河流都变得很小，像玩具。父亲好像骑着云，我坐在云上，心底里止不住一阵快乐。

上小学时，父亲的几次创业都以失败告终，赔上了家中所有积蓄，为了偿还债务，他上山当了石匠。我们原本便不宽裕的生活变得雪上加霜。记忆中的饭桌上只有两三个小碟子，盛着虾米、咸菜、鱼露、酱油，没有一道荤菜，一家人三餐都如此度过。因为营养不好，我跟我哥都比同龄男孩子瘦小。父亲就和母亲商量从他挣得的钱里抽出一部分，给我们兄弟俩订牛奶。他又从山上砍了些木头回来，在门前的水泥地上搭了个简易的篮球架，自己跑到大街上抱回了一个篮球，扔到我哥怀里，笑着说："以后我就带着你哥俩打球了，你们要长得高高的。"之后，家门前的篮球场上总是充满了笑声，三十多岁的父亲在自己造出的球场上就跟个孩子似的，逗我们俩玩。

虽然后来我跟我哥也没见着长到多高，但因为有父亲的爱，我们心中的林木却比所有小孩长得都要高，都更有生命力。

一直记得屠格涅夫《麻雀》中的一个片段："忽然，从附近一棵树上扑下一只黑胸脯的老麻雀，像一颗石子似的落在狗的面前。它全身倒竖着羽毛，惊惶万状，发出绝望、凄惨的叽叽喳喳的叫声，两次向露出牙齿、大张着嘴的狗跳扑过去。"庆幸父母亲臂膀足够有力,为我们撑住贫穷的屋檐,庇护着我们每一个小孩,让我们得以顺利成长。

在我十三岁的时候,生活略有些改善,我们搬家了。父母用熬着苦日子攒下来的积蓄,在离旧家两百多米的地方盖了两层水泥房,十年后房子又增至四层,外围贴了瓷砖。贫穷似乎穿上了一件像样的衣裳,没有人再望见里头骨瘦如柴的日子。只有我们家中的每个人都深深知道,我们不曾远离穷日子,它虽如候鸟越飞越远,但始终没有脱离我们的领空。

由于我们一家人过惯了贫瘠的生活,即便到了命运要补偿我们的时刻,我们也不知道该怎么生活。母亲最大的爱好还是在街上小店找便宜的布料,然后拿回家自己做衣裳,听着缝纫机发出的声响她就很开心。而我工作后,常常拿一千块钱买好几袋衣服,却一件也没法穿到读者见面会上。哥哥有了自己的家,却也不买太多物什摆设,走进屋内,始终空旷;姐姐则相反,家里挤满各式电子产品、家具、盆栽,像个小型超市……

我明白无论时间如何过去,环境怎样改变,骨子里有些东西是剔除不净的。但它并不是贫穷带来的悲哀、绝望,而是它带给我们的厚重与踏实,让我们身处这个复杂多变的时代,都觉得心里有底。

桌上剩的一个馒头,你让我,我让你;牙膏快用完了,也要用牙刷柄从尾处至瓶口滚一遍，挤出最后一点；趁芥菜便宜的时候买上一大把，择一部分炒虾米，剩下大部分留作咸菜……漫长的贫困期让我们懂得了一种有别于富人、更值得回味的生活方式，每个人都能用心活着，惜物惜福。

回了趟旧家，慢慢走到破落的屋檐下，看见父亲用绳索将有些倾倒的墙壁捆绑起来，门前的槐树还像过去那样撒落星星点点的花瓣，搭在我肩上，像一声又一声轻柔又熟悉的安慰。

回顾那些因为物质匮乏而难挨的时刻，那些被同龄孩子大声嘲笑"你家那么穷，大家不要跟你玩"的时刻，那些一家人相依为命从遍地荆棘的夜路走向黎明的时刻，我的眼泪不知不觉就滚落下来。

艰难的生活使我们物质有限、想象有限、审美有限，但我们所感受到的世间温情却不比富人少一分，甚至多于他们。

那时，捆绑我们的那根绳索叫贫穷，也叫温暖、陪伴、爱与珍惜。

你很想赢吗

2018年9月开学时,我在大学礼堂做了一场关于文学写作班的交流会。

会后,一些学生联系我,询问具体情况。这群十八岁上下、面庞青涩的"00后"学生竟然抛出的都是非常实际的问题:"你们录取多少人,现在报名的有多少人?"当我说出相应的数据后,他们在一句"有这么多人报考啊,那我绝对没机会了",之后作鸟兽状四散离开。

不愿冒险是当下许多人普遍的心态。躲在自定义的舒适圈里,做种种权衡,坚持的一种人生理念是自己付出了就必须有所回报,不委屈自己,不做无果的事情。这样的安全感,很容易使一个人忘记来这人间一趟的价值和意义。

一天深夜,接到朋友J的电话,他说自己此刻正在替学校某个领导写书面材料,这种滋味非常难受。我感到诧异,身处研三的他应该为考博,为写毕业论文而苦恼,何必将自己陷入原本反感的行政事务中。J 说,为了留校,到党委宣传部去工作,他必须这样。

而之前数十次,我们通话聊天,J 都在说着自己要全力考博的事情。为此,在别人为自己考上研究生而沾沾自喜的时候,他已经在准备各种材料,打探各方信息,联系各个博导,持续了两年多。我对他这样执着追求未来的拼劲儿,非常敬佩。但就在博士报名的前几个月,他突然说自己要放弃。

"我父母年纪大了,我不能一味由着自己性子来,我要收起那些理想,它们太不确定了。博士不好考,读博过程也不容易,反正最后都是要工作,我就先去宣传部待着,那边福利不错,以后还能考在职博士。真的,考博这条路,我走得太累了,我现在需要确定的东西,我需要生存。"

听着 J 的这番话,我有些心酸。人世艰辛,活着不是一门容易的学问,太多人为了舒服点活着,都想省些力气。

对门来了新住户,是个矮胖的姑娘。我每次下班回来,都碰见她在小区运动场跑步,动静很大,咚咚咚,像擂鼓。周围人都把目光投到她身上,其中一些身材苗条的女孩子还扑哧笑出了声。对门丝毫不在乎旁人的眼色,继续汗流浃背跑着。我问她原因,她说一个月后公司要进行团建活动,是五千米长跑,自己身体一直很笨拙,想练习一下。我问:"你是想赢吗?"她笑着摇了摇头,说:"就我这样还想赢?只是想着到时候跑起来不要太难看就行。"

那天,忽然下了些雨,对门跑完那场准备了许久的长跑回来,全身湿透了。雨滴顺着刘海滑到她有些泛白的脸上,运动鞋鞋面上沾满了泥和一些草叶,但她很开心,对我说:"自己一直跑在偏后的位置,但我很满足了。身旁倒了好几个姑娘,我就在想,如果自己平常不练习,今天应该也跟她们一样。我觉得,自己其实是个胜利者,因为我跑赢了从前的自己。"

明知前路崎岖,却仍然选择前往,克服重重阻力,与自己较劲。我也如此对待生命中的每一天,它们构成了我美妙的世界。

我永远不会忘记在前往兰屿的船上,自己呕吐不止的情形。那天的海格外不平静,波澜四起,船身摇荡,我体内也在翻江倒海,望着船舱外无边的大海,有些绝望。此时一个水手过来告诉我,"你听着风声、海涛声,在混乱中寻找宁静,放空自己,一切都会过去,一切都会好。"他满身健硕,脸上有让人安定的笑容。我在痛苦中报以微笑,点点头。

之后,风停了,海浪像温顺的羊羔躺在我们膝下。我意识到水手说的话,其实是让自己转移注意力,忘却身上的疼痛。我静坐着，看着窗外的海，有最深的蓝。想到自己出发前的挣扎，是否为了看这样的蓝而与自己不算好的体质周旋，后来还是前往了。和晕船搏斗的过程，也是一次成长的过程，自己逐渐放下恐惧、焦躁、疼痛，换来内心的安宁和外面如梦般的世界。

我一直是一个不断在和自己赛跑的人，目的并不是为了得到冠军，而是在这途中不断让别人看到自己，期盼着笔下的文字进入更多人的心里，寻觅知音。为此，我在学生时期常去参加一些重要的文学创作比赛，许是运气好的缘故，成绩都还可以。当我告别了学生时代，开始参加面向社会的成人文学奖项评比，很多时候结果不尽人意，可我并不难过。

一回，领导把某项省级文学奖的评选通知发给我，让我准备好材料上报。因为日常个人可支配时间并不多，我只能趁着没有课的时候，跑去学校人事处、所在地区的派出所开各种证明，夜里坐了近一小时的公交车回来，又四处寻找营业到较晚时间的复印店打印诸多材料。来来回回，耗尽精力，又想到此次参与评奖的对手都非常厉害，我蹲在街头，脑子里尽是想放弃的念头。但一阵车流从眼前消逝而过后，我又振作起来，因为我想到自己日夜写作的场景，为了文字不惜与父母翻脸的时刻，还有那些读者读完作品后感动的面庞。我已经做了这么多的努力，走了这么长的路，怎能停下？即便知道评奖无望，但我愿意参与其中，为的是让更多的人读到自己的文字，为的是让内心舒服。

一直很喜欢美国作家哈珀·李的小说《杀死一只知更鸟》，书里头有提到"勇敢"一词的含义："勇敢是：当你还未开始就已知道自己会输，可你依然要去做，而且无论如何都要把它坚持到底。你很少能赢，但有时也会。"

很长一段时间里，你或许处在恋爱的恐惧中，怕最后自己怎么也得不到一个人的心，便放弃之前所有的努力，另找他人；你或许深陷都市生存的难题里，每天面对诸多压力：工资、房贷、水电、医疗、餐费……你每天都在与现实妥协，追求理想便成了你闭口不言的一件事情。

余生多风雪，但请你相信，一个努力的人，命运总会善待他，结局都不会差。

后来，我在那项文学奖评选中获得了入围奖，与主奖擦肩而过，但我不曾哀戚，因为自己也得到了评审们的认可，我深知自身还需历练。

颁奖典礼结束的那天晚上，我一个人走在空空荡荡的街上，冷风敲击着每一寸肌肤，而我未曾感到寒凉，一股温热的泉流正在体内汩汩上涌。梧桐树落叶纷飞，我看见每一片明知不可再挂枝头的枯叶，飘落的姿态都那样优美。

在这人世的寂夜中，我也望到了生命的磅礴和雍容，专属于每一个单纯而勇敢的灵魂。

懒者的囚牢

夏天，我喜欢穿白色T恤衫出门。虽然没走几步路，上身都会被汗水浸湿，旁人能清晰瞥见我清瘦的骨架，但从小对白色棉质衣物的钟情已经根深蒂固。

回到家中，打开空调，脱下汗涔涔的衣服，趴在凉席上，摊开四肢，整个人像游回深海的鲸鱼，再也不想动弹。几天后，被汗水浇透过的白T恤开始长上霉斑，我触目惊心，懊悔不已。

因自己没有及时清洗，许多买回来还未穿几次的衣服都无法再穿着出门。当我用剪刀把它裁成一块块抹布的时候，我的内心非常无奈。

我上初中后，开始接触英语。从小就喜欢模仿动物发声的我，对语言类学科，非常感兴趣。

日常除了按照英语老师在课上提供的那一套方法背单词背课

文,我还央求我爸买来复读机和DVD机,有时间就一个人躲在房间里听英文磁带,看英语电影,矫情地模仿里面的咬字发音,现在一回想那些场景就一身鸡皮疙瘩。但效果还是有的,一两周过去,我们进行单元检测,我竟然拿了全班英语最高分。

可好景不长,我太骄傲了,为这点成绩沾沾自喜,开始轻视英语,三天打鱼两天晒网,学习的节奏慢了下来。复读机跟DVD机都覆盖上了一层灰。

第二回单元考,我的成绩只到了班上中间位置。我爸很生气,拿鞭子打了我,我那时想法还很幼稚,把这一切归罪于英语,跟它怄气,不想碰它。后来英语一直是我的软肋,每次看到有关国外访学的申请通知,我都望而却步。

一直记得电影《无间道》中倪坤时常挂在嘴边的一句台词:"出来混,迟早是要还的。"幼年的倪永孝并不懂这话的宿命意味,直到故事末尾,经历了人世种种才理解了父亲倪坤的这句至理名言。

在这人世,在这江湖,你所欠下的,终究都会在未来某一天悉数归还。同样,我们偷过的懒,迟早是要还回来的。还不回来的,就会变成巴掌,一个个打在你脸上,分外响亮。

2015年3月底,我收到湖南卫视《天天向上》节目组导演的邀请。他们打算在4月初录制一期关于世界读书日主题的节目,经人介绍,便想联系我。

那时我正在对岸交换学习,在东吴大学的操场上看到这条信息,兴奋地跑了几圈,然后躺在草地上,想着自己是不是就要红了。

随后我联系负责交换生日常事务的吴老师。她告诉我,因为交换生的签证比较特殊,如果返回内地的话,就不能直接再来东吴学习了。我问她有没有处理的办法,她说,有是有,但很麻烦,需要再走一遍之前的程序。

我想起从最初报名、填报材料、面试、到研究生处备案等一系列手续,觉得太累了,突然间整个人杵在吴老师的办公室里,心里打起了退堂鼓。

我失落地回到宿舍,给导演发了无法录制的回复,导演对我表示遗憾。我同龄的一些作家朋友知道消息后,纷纷让我把导演联系方式给他们,试图填补我的空位。我的责编跟我说:"你知道有多少人挤破脑袋想去吗?你还这样拱手让人,这种机会一旦错过就永远不再有了。"

二十多天后,那期关于世界读书日的节目出来了,我没有去看。只是后来责编跟我说,有个与我同龄的"90后"男作家因此火了,他的书一夜间销售数万册。

我默默听着,没有回应一句话。

读书的时候偷懒，等到考试时看到周围人奋笔疾书的样子，你只能对着自己还是一片白茫茫的卷子干着急。

健身的时候偷懒，等发现曾经弱鸡样的同学都练出倒三角、八块腹肌、人鱼线的时候，你只能朝着镜子里自己的水桶腰苦笑。

找工作的时候偷懒，觉得太累了，等见着不如自己的同学经过努力投递简历而最终应聘到名企职位时，你只能埋怨自己运气差。

在一次高校教师培训会上，我见到了来自荷兰罗斯福精英学院的 Rene 教授，已过花甲之年的他，穿着白衬衫，依旧神采奕奕。我用蹩脚的英语询问他，关于拖延、懒惰的成因。他微笑地跟我说："是来自你的逃避，对繁忙生活的逃避，对未知世界的逃避。"

要制作关于部门未来企划的 PPT，你无从下手，索性就冲杯咖啡，喝着也觉得少了点味道，你又打开电脑，说看一会儿综艺节目或网剧，结果盯着显示屏就盯了许久，这一放松半天时间就过去了，PPT 上仍旧空白，你又熬夜制作，随便应付，翌日被领导批评，看见其他同事因认真准备而"受宠"，开始抱怨自己怀才不遇。

记得看电影《火星救援》时，对马特达蒙说的一段话印象极深。

当他一个人孤零零被扔在火星上时，面对艰难的处境，他没有选择抱怨或空想，而是让自己忙起来做各种事。故事结尾处，人们听到马特达蒙这样讲道："面对困难时，你可以选择等死，也可以选择马上动手解决问题，解决完一个，就再解决一个，解决了足够多的问题，然后就可以回家了。"

面对一亩田，我们不能只想到它秋天时一片金黄的收获，而应该从春天的脚下开始一步一步耕作，诚实面对自我。

人生是段有得有失、悲喜平衡的过程，没有人会一直痛苦下去，也没有谁会一直快乐下去。你因偷懒享受到的快乐，会在未来以痛苦的方式囚禁你。

怎样摆脱偷懒的毛病呢？

"别想了，快去做！"

只有这个答案。

潜心耕耘，瓜熟蒂落

我有一次在课上给学生布置了一道写作题，让他们当堂创作。

下课铃响，教室里仅剩下前排一个瘦小的女生仍在埋头写着，我没有打断她，只站在讲台上等她交卷。她突然抬头，看向我，说："老师，我写不完了，可以带回家完成吗？"我摇了摇头，见她沮丧，便问："还剩多少内容？""目前写到四千字了，后面大概还要写一千字。"女生的回答让我感到诧异，在一个半小时内竟然能写这么多。

我随后翻阅了她所写的内容，讲了类似《白夜行》这样的悬疑推理故事，行文成熟，思想也很深刻，探讨一个人作恶背后的苦衷及如何救赎。我在翻看间隙，听她在一旁说："一直想成为东野圭吾那样的作家，写出很厉害的作品，受人欢迎，可我爸总说我在做白日梦，我不管他，仍然自己写自己的……"末尾，她又问我：

"老师，你觉得我可以吗？""当然。你就回去继续写吧，写完后记得给你爸爸瞧瞧，他会支持你的。"我微笑着，点了点头，心想这真是一个有野心的家伙。

在回住所途中，我一个人走着走着突然停下脚步，望着山城的茫茫夜色，似乎自己的影子都已融入其中，在一片虚无的暗中无法找寻，回不回去好像不重要，去哪里都可以。那一刻，我成了一个失去方向感的人，其实是丢了自己的野心。当学生时，目标很明确，为了未来想要的人生不断努力。可当自己进入职场，在庸常琐事和理想信仰间摇摆，最终懦弱，安于现状，失去了当初的执着、追求，野心逐渐被平凡日常驯养，野性极速衰退。

同事 L 一直宽慰我不要想太多。他年长我两岁，初见他时，他已年满二十八岁，脾性温和，眼中常流露出看淡世事般的目光。部门有任务，他不插手，有活动，他不参加，有评奖，他不在乎，活得异常佛系。与他相处久了，我也不免像他那样，碰到种种事，都会在心底来一段杨绛的话："我和谁都不争，和谁争我都不屑。简朴的生活、高贵的灵魂是人生的至高境界。"带着这样的态度，我度过了两年的职场生活。复杂的人际圈子逐渐缩小，变得单纯，工作上没遇到太大的挫折，岁月风平，仿佛五年后、十年后，我也过着 L 口中稳定、舒适而安全的生活。

但有一天，我对这样的生活感到深深惶恐。平常没有看朋友圈习惯的我,不小心按了动态更新,跳出几条关于 Z 的信息。那一年 Z 刚刚开始写作,因为喜欢我的作品便来加我好友,她发来自己的习作给我看,尚还有些稚嫩。习作末尾,她附了一段个人简介,我才知道她就读于一所工科类独立学院,写作环境并不理想,但 Z 非常努力,几次都表达了自己要换个学习环境的愿望。由于日常繁忙,我不常与人联系,Z 逐渐和我疏远。从没想过,当我再次在朋友圈看见她时,她已经成了北京电影学院的博士生,发表了众多文学作品和学术论文。

我才意识到工作后的这些年,与自己有过交集的年轻人都在一一往前飞奔,而自己却在原地踏步,所有过往的荣光都渐渐暗淡,曾经有过的优越感也在那一刻烟消云散。那个夜晚,我在阳台上坐了很久,想起昔日那个信誓旦旦说要成为了不起人物的自己,不免往胸口捶打了一阵,之后,我陷入了长久的沉默,只记得眼里一片湿润。我像个从自己制造的骗局中醒来的人,开始怀念学生时代对世界充满野心的自己,开始怀疑现在自己身上的佛系是不是一种对现实的逃避,或是对自我的蒙蔽?

我生在乡村,从小身旁便围坐着一群一生都与城市无太多关联的村民,聊着鸡鸭牛羊、河里鱼虾、豆苗长势和二十四节气。他们看过去,都好像是这人间最没野心的一群人,我的叔公也是其中一个。从我记事起,常见他肩上挑着简单的行李,一人独行于荒野古道。他在山间自己动手搭了一间茅屋,开荒耕种,自给自足,多少年过去,仍坚持着独身主义,不为俗世费尽心力,像个隐士。

后来,我才知道每一个隐士都是跟红尘打过最深交道的人。叔公年轻时也曾走南闯北,经历大风大浪,用力地活,去追寻自己的理想与爱情,得到过,但最后都失去了。老了之后,他选择了这样一种清静无为的人生。其实,这符合生命成长的状态。

当我们的舌面尚且单薄稚嫩的时候,是需要去尝尽人间万千的滋味,而后它才能被时间锻造得尤为厚实,不再如幼童那样害怕烫,害怕冷。年轻时,我们选择佛系,往往由于自身在某些方面能力的缺失,为避免恐慌、焦虑,我们进行这样一种自我保护。时间一久,就很容易耽误后来的人生,最后,只能让眼泪为自己的追悔莫及买单。

我开始喜欢跟有野心的年轻人交朋友。他们年龄不大,却能意识到在什么样的年纪应该做什么样的事情,懂得在青春时一个人努力的重要性,只有努力越过人山人海,才有诗和远方。在自己什么都没有的时候,谈人生淡泊,非常可笑,也没资格。

我反感将自己的野心跟梦想到处宣扬的人,一旦说过的话无法实现,时间会在他们脸上打出一个响亮的耳光。很疼吧,自找的。只有野心,没有行动,是在纸上谈兵,永远只能在现实里梦游,等大梦一醒,才知道自己的世界空空如也。有野心是一件非常美好的事情，我们无须声张，只管在现实的田地里潜心耕耘，等它瓜熟蒂落。

野心是自己对自己的期待，是自己与自己的约定。我还未老去，一切便都有可能。因为没有，更要努力去争取，不要为了逃避而把自己过早站成佛系的姿态，还给自己一堆心理安慰。

我还很年轻，我要和这世界好好谈谈野心。

看它们，也看自己

可能是跟人相处时间太长了，彼此了解太多，逐渐削弱了原本所维持的关系。我开始愿意一个人独处，或者跟动物待在一起。

在我大学宿舍窗外，生长着台湾常见的小叶榕，根须繁多，垂地又生，主干需三四人环抱。早起时常见到一群猕猴身手矫捷爬到树上，吃着树上的果实或嫩叶。它们摇晃着树顶上的枝叶，一双双手像在扒着一个女人刚捣弄好的发型。

它们不时也攀着榕树根须到我窗台上闲坐，见屋内有人，也不逃走，直敲着我的窗玻璃，噗噗噗。我走过来，它们这下安静许多，巴望着我，嘴唇翕动，仿佛一个个亟须喂食的婴孩。

这是我第二次细致凝视动物的眼睛，它们的欲望比人类单纯，仅仅关于身体本身的需求。而我第一次与动物对视，看到的是一种好奇，是新的生命对这世界的打量，眼神中闪烁着最饱满的爱意。

那年，我六岁，跟兄弟姊妹到山间游玩。已是盛夏，山上龙眼树都结着浅棕色珠子般的果实，一串一串，在青翠树叶下缀着，像烫染着蓬松头发的少妇戴着的巨大耳环，让人看了就想伸手摘。他们兴高采烈，吵吵嚷嚷，最后分开去摘了，就剩走累的我独自坐在树下阴凉处发呆。

黄昏，起了山风，清清凉凉，扑打在身上，特别舒服。我懒懒的，都想闭上眼睛了。突然，远处山道旁的灌木丛里有了动静，钻出了什么，哒哒哒，迈着轻盈的步履就跑到我跟前，山羊大小，毛皮不厚，褐色，背上分布着点点白斑，我与它对视了一眼，一时间还真不知道它是什么。之后，它跑了，步子依然轻盈，哒哒哒跑着，跑去了哪里，我也不知道，好像是到黄昏开口即将合上的地方了。我突然缓过神来，才知那是鹿，还没长角的鹿。

那时，自己除了假期有时间在田间地头游荡，平日都只是往返于家与小学之间，视野太小。即便回到家，做完作业，看电视，也觉得屏幕里的世界离自己太遥远。

在距离那个黄昏久远的时刻，我依然记得那头小鹿的眼神。它看着我，也像年幼的我在看着这个新鲜的人间，没有害怕，也不紧张，这是单纯的好奇。我觉得自己与它是同类。

人再自大，归根结底也无法逃脱某些方面动物的属性。

荷尔蒙控制发育期的所有人。身体开始不断被撕扯，手脚变长，体腔扩大，喉咙像在某个夜里被安上一块磁铁，在每日饮水时生锈。要命的是，除了头发外其余部位也开始毛发丛生，人们在这个特殊的时期会感觉到自己要变成一只动物。

不再像孩子那样干净，不再有一颗纯粹宁静的心，欲念逐渐进入身体，并不断膨胀，搅得内心不安，翻江倒海。灵魂开始需要裹着遮羞布。

在姜文早期电影《阳光灿烂的日子》里，善于开锁的马小军偷偷潜入别人家，看到女孩米兰的泳装照片，顿时就被这个笑容灿烂、容貌姣好的女孩吸引。从此女孩成了男孩思慕的对象，夜夜臆想，如动物般凶猛。

任何人都不必掩饰，也无须自责。毕竟，能在发育期驯服冲动这匹野马的人并不多。在敲响成年那扇大门前，会听到里头传来的声音，"别怕，快来。""欢迎进入我们的队伍。"我们后来都和马小军成了一样的人。

人和动物的一大区别，是在情感方面。人如果丧失了情感，便跟动物无异，甚至还不如它们。

终日在平庸的生活中折叠自我，合上又摊开，摊开又合上，人生这张纸终究是会用皱的。

把时间轴上相同的画面剪掉，有些人的一生仿佛只有一天。起床，洗漱，吃饭，上班，下班，吃饭，上班，下班，回家，吃饭，洗漱，睡觉，关好房门，拉上窗帘，不关心世界，不信任别人，明日再来，如此而已。在一成不变中消解自我的存在感。

文明的表象里，依旧藏着人类原始、愚昧与作为动物的本能。

当动物有了情感，可以想象，它们要做的第一件事，就是反抗人类，然后是成为人，确定自己的高级属性。

英国作家乔治·奥威尔在他反乌托邦主义代表作《动物庄园》中就为我们书写了一个寓言。猪领导马诺尔庄园中的其他动物一起反抗不断压榨它们的庄园主，赶跑他们，建立了施行动物自治的"动物庄园"，按照动物主义原则制定七戒，但随后庄园的发展并未如动物们所期望的那样和谐、共享自由与平等，权利和利益的冲突导致领导者内部出现了严重分歧乃至流血冲突，也有了同人类社会别无二致的统治者和剥削者，最终七戒被废除，"动物庄园"改回"马诺尔庄园"。

剧作家韦伯的《猫》也将视角对准动物，也让它们去模拟人类的社会法则，但区别于《动物庄园》的是，《猫》中的动物经历了背叛与漫长的和解后，它们终于对这个类似人类的社会感到厌倦，从而去寻找一条新的道路。这也让现实中身为人类的我们自惭形秽。

我们太碍于高级生物的身份和地球主宰者的形象，耻于将动物提到与自己相持平的位置，总觉得比起它们，我们是天生能够改变世界的智者，我们能获得这个星球上众多的财富，而那些只是依靠本性生活的动物一无所有。

除了日常生活中对它们的捕捉，我们也可以在动物园中观赏它们，玩弄它们，给它们拍照、喂食，而它们无法与人类谈判，注定是不对等的。但人类自身的情况也不乐观，在复杂社会当中，皮囊虽与昨日无异，但内心的异化尤为猛烈。

意大利导演费德里科·费里尼常把妻子玛茜娜作为电影主角，扮演一些滑稽可笑的女性角色，那些女人大都一脸天真、眼中带泪，又饱含希望。在电影《大路》中，玛茜娜饰演的弱智女孩让我印象深刻。

她是马戏团里的小丑，可以得到源源不断的笑声，却始终得不到尊严和自己的爱，夸张的妆容下藏着一颗脆弱、忧伤的心。当我隔着屏幕，凝视她那双闪烁的大眼睛时，觉得她特别像只需要被同情、被怜悯的动物。

每回观影结束，我的脑海中总会复刻一段片中的台词："没有结尾，也没有开始，只有无尽的、生的活力。"动物便是这样，似乎仅仅是为了自然的某种过程而存在。它们还能挖掘更多的意义吗？造物主在这点上并不垂爱它们，没有赋予它们思考的天赋。

一日前往九份，途经日据时代留下的神社，几只猫闪现，又迅即消失在野草丛中。天光明媚，我望着不远处的老街屋顶，想起日本动画导演宫崎骏的影片《千与千寻》。

电影一开始，千寻的父母路过山中的村落，因饥肠辘辘，没忍住美食的诱惑，而大口吃着街上摆满的食物。这些食物无人看守，夫妻俩没有停下自己的嘴，最终变成了猪。千寻后来通过白龙的帮忙，找到猪圈，对父母喊着："爸爸妈妈，不要吃了，再吃会被杀掉的！"不得不赞叹宫崎骏在影片中暗含的寓意，在诱惑面前，人总是很容易暴露自己的动物本性。

我曾经也做过类似的梦。自己的身体变得很小，蹲在地上，面前出现一个头戴帽子身穿黑衣的高大男人，帽檐被压得很低很低，我始终看不清他的脸。他给我带来了很多食物和饲料，撒到一个大盆里，并招呼我回去，"快来吃，多吃一点，别客气！"他嘴角笑着，而我仍旧看不到他被藏在帽檐影子下的眼睛。我跑过去的瞬间，感觉身体越来越轻盈，他重复着："快来吃，多吃一点，别客气！"笑声像大人擦得滑滑的皮鞋，踩在我的身上。我变得更小了，越来越小，最后像蝌蚪一样，还没吃到食物便又被人装进了矿泉水瓶里，在接近窒息的瓶中游荡。

深夜惊醒，方知是梦，手心发凉，自己转而又傻笑起来。或许只有在梦里，我们才能对自身认知问题有其他角度的解答。

我跟 D 去过台北动物园，为了避开观光人潮，我们特地选在星期五，但来动物园的人依旧很多。多是年轻的妈妈们推着小车里的幼童，还有一部分是中年的子女扶着自己家行动迟缓的老人，他们一路看一路欢声笑语。

在园中热带雨林区，我们去看了猩猩——这个与人类血缘关系最近的物种。天热的缘故，一头棕色毛发的猩猩坐在粗大树干上，头上盖着一块黄色的布，一动不动，模样憨厚可爱。

旁边的小朋友看得可激动了，不停喊着："猩猩，猩猩，你快转过来，转过来！"而后，他们又问起家长："奇怪，为什么它要背对着我们？"大人们被问得发蒙，支支吾吾，也没回答。

"是因为害怕，还是因为……觉得人类很烦，它都不屑跟人类对望？"我轻声跟 D 说着，他无奈地笑了笑。

在这个世界上，孩子有一种天然的勇气——质问大人，而大人常以沉默或欺骗作回应。孩子能把飞禽走兽、花草虫蚁当同类，而成人看不到也看不来那些低处的目光，多是因为他们在日常生活中只看得到人与人的关系。

被囚禁的生灵，即便拥有再大的空间，也只是人类目光和照相机捕捉的新奇猎物。我们和它们，它们和我们，都保持着陌生又谨慎的距离，这是所有动物天生的警觉。

我常常会蹲下来凝视身旁的动物，它们与我对望的眼神就像一面镜子。我在猫的瞳中看见自己作为孩子天真的部分，在狗的眼睛里看到的是青年时的憨傻，在山羊那里则瞧见的是中年之后的平静或隐忧。

普通人很难感知自我与外界这种对象化的映照。敏感的创作者却不会放过这些，他们沿着这一面面镜子，审视时间、谎言、爱恨和命运，说是看动物，莫如说是看自己。

与紧张和解

理发时,我身体僵硬得像桩木头,师傅叫我往左边侧,我却往右边摆,他让我把头抬高一些,我就正襟危坐仰着头,他一脸无奈,手里握着电推剪呲呲作响。当我躺在洗头躺椅上时,双眼紧闭,任由师傅往我头上打上洗发液搓揉、冲洗,头不自觉左右摇摆,他叫我别动,我还是控制不住晃着脑袋。

连理发这样轻松的事,都给人带来麻烦,觉得自己实在有点儿可悲。我嘴上笨拙,想说点什么又立马止住,用歉意的目光看着对方。师傅这时笑了笑,对我轻轻说道:"你不要紧张,放松点,一切都会很好。"

我闭着眼睛,听着他温柔的声音,尽可能让自己的身体松弛下来,一旁的水流哗哗响着。

我时常在梦里听到一阵流水声,激烈,哗然,响彻耳畔,是春天解冻的大河,水面破冰,冰又渐渐融为水流,汩汩往前奔涌。我全身冰凉,四肢僵硬,无法动弹,似乎被囚禁在巨大的冰块里,外围世界逐渐温热美好,这块冰却始终寒冷坚硬。我绝望极了,想呐喊,可一声都喊不出来。

相似的感觉,也常在另一个梦中有过。这个梦与高考有关,这么多年过去,我仍旧无法摆脱。梦见自己坐在一台转得快没力气、像要冒烟的电风扇下面,不停地做着一张空白的试卷,上面写了什么字记不清了,只知道自己不管怎样加快速度答题,都来不及做完它。

铃声响了,一个矮胖的女老师在前面拍着板子大声叫住我:"时间到了,别做了!别做了!"我努力写着,卷子还是空白的,写下一个字,消失一个字。我慌张极了,想大声喊叫,喉咙却始终动不了。女老师面目狰狞,冲过来,抢走我的考卷。在她夺过卷子的那一刻,我记得我哭了,心里喊着:"还给我,还给我,我要念大学,我要念大学!"声音像被绑在身体当中,无法冲出。

如果要从这些梦中得到一些寓意的话,或许是在说明一个问题:我时常都处在紧张的状态中。

在商店结账时,总是摸不到事先放好的零钱,情急之下还是拿出手机进行电子支付;清晨挤公交,包被卡在人群里,不敢用力拽回来,怕招来旁人厌恶的目光,浑身不禁冒汗;在广场等人，看着四周人流如织，异常密集，像海水涌过来，要淹没我，身上的每寸皮肤都变得奇痒无比；跟喜欢的人聊天，总会面色羞赧，心跳加速，说不出话，或是语无伦次，错过机会，造成遗憾……

已经走入成年的世界，自己却仍然像个孩子，对这世界手足无措，面红耳赤，浑身瑟缩，手心冒汗。似乎再过多少年，身上的紧张也不见好。我想寻求方法改变这样的自己。不断地深呼吸，不断积极暗示自己，但都收效甚微，像个翻山越岭的人以为要到达最高峰了，却看见山外有山，脸上原本坚定的表情瞬间塌方。

一天在清点期末考试的卷子，跟往常一样，我花了很长时间。周围站着许多要拿试卷的老师，他们先是看着我笨拙数卷子的样子，又转头看向其他老师，那些同事像验钞机一样熟稔、快速工作着，我不免激起别人的抗议，在我身后议论、叹气、使眼色，甚至做出很粗暴的举止，示意他们对我的不满。我屏住呼吸，心像失控了似的，怦怦乱跳。手里数的每一张试卷都变成了一座座不易攀爬的大山，终于越不过去，我出错了，便估摸着数量，把试卷装进袋子里，尴尬地退出来，等人少时，再来清点。

同事S在一旁，看出我的窘迫，过来搭个手。他做事老练，数卷子时眼神淡定，手指轻巧，富有节奏。很快，S就点好了一沓试卷。我看着他，眼中充满羡慕。他好像从我的目光中看出了我的疑感,笑了笑,说:"我比你早工作七八年,在这方面自然熟练,你不用紧张,迟早也能这样。"

Ben 是我见过生活中最放松的同龄人。当时在台北读书时与他相识,我们在台大的大教室里听王德威教授讲课,Ben 很会把握时机,在互动环节向教授提出诸多深层次的问题,在这过程中他表现自然,一点都不羞怯。记得期末时学校办了一场舞会,Ben 进入舞池中央,在轻快的音乐中扭摆着身躯,脸上显示出非常享受的表情。而我孤单地坐在边上,眼前的世界似乎与我无关。Ben 走过来,拉我到舞池里,我皱着眉头,四肢僵硬,杵在原地,跟自己个体以外的一切都格格不入,不一会儿,我便逃走了。

Ben 经常被当地电视台邀请,参与一些访谈节目,他在众人面前谈吐、举止都从容不迫,温文尔雅。有一天,我问他关于消除紧张的方法。他沉稳地坐在沙发上,告诉我:"你的紧张是因为对自己不够自信,对这世界不够柔软,当你对自己的生活、想做的事情投入爱的时候,时间和生活会让你坦然、放松,不再容易紧张。"

我想到 S 就如 Ben 所说的那样,除了时间让人成长的原因以外,还有他向来拥有的自信,以及在应对日常繁琐事务上所带的一份热爱。而我这些年面对生活,始终笨拙,但面对自己热爱的写作路途，却走得从容、自信，字里行间都有自己因放松而获得的力量。

我时常一个人在房间里临窗而坐，书写内心，也书写外面的世界，没有人来，也不愿人来，一切纯粹、自知。深夜灯下，只有我与岁月言谈。我在文字铺开的路途里，见过草原，见过大海，也瞥见自己的影子睡在某一个黄昏、清晨，逆旅千秋，安之若素。那种感觉仿佛自己拥有整个宇宙，不再畏惧，不再逃离，整个人变得舒坦自在。

王安忆在《放松是一种力量》一文里说道："生活好像是汪洋大海，要去捞它，用碗、用瓢、用盆，终能得水几多？应该变成一条鱼，游入水中，自由自在，整个大海便都获得了。"在文字的汪洋里，我丢下那个尘世中拘谨的自己，释放手脚，享受纸页上生命涌动的片刻，用蓝色的钢笔留下痕迹，笔尖是船，划出这海里的条条波浪。这时的自己是如此放松。

很多时候，我们身上的紧张也源于自己太在乎外界的目光、评价，尤其在不擅长的领域，心虚的我们不免要承受这些压力，而使自己在俗世烈日下焦灼不堪大汗淋漓。放松的感觉并不好找，每个人都要付出很大的努力跟耐心，去琢磨、体悟生命的大提琴琴声立起来的奥秘。

跟紧张达成和解，这是一个逐渐战胜心魔的过程。

卸下重负，和自己喜欢的一切待在一起，不再强颜欢笑，不再忐忑奔波。选择一双最舒适的球鞋，用自己最习惯的节奏跑向日出的港口，在海水映出的倒影中，看见自己宛若新生。

身在美中

在一段极其漫长的成长岁月里，美在我的世界中是缺席的。

我出生在一个传统的农民家庭，所接触的事物太过普通，甚至杂糅在一起，也只是呈现出一种苍白色，如一面墙。

每天当我要出门时，母亲都会过来检查一遍我的着装。外套太过花哨，裤子有些肥大，里头穿的毛衣太薄，都得换。她再一瞅，发现我的头发也有些长了，要剪，到理发店请师傅剪个寸头。

母亲对我站在镜子前的时间也有要求，不许停留太久。我一待得长，她就开始用并不好听的言语驱赶我。我像一头极为胆怯的动物被扔来的石子击打着，无法忍受，便狼狈逃走了。

在饭桌上，母亲也占着非常大的主导权。每顿她都事先将米饭盛满碗中，那碗口直径有 15 厘米左右，端到我面前，命令我快点吃完。身体发育的那几年，我像不断被填充的麻袋，鼓鼓的，十三岁身高 160 厘米,体重就飙升到 130 斤。同学嘲笑我,我跟母亲说,希望她能理解我,减少一些饭食,得来的却是她的责怪:"你不这样吃,是要瘦成竹竿吗,满大街走,让人指指点点?!"

每次她都这样对我说道,不容我有任何辩解。她以自己年代的审美捆绑我,使我在很长时间里觉得自己太过平凡,模样不值一提。我渐渐忽略了这一身皮囊,也不知道它也是能产生美的。

直到念高中时,才开始注意到自己的长相,从五官到身形,轮廓逐渐清晰,看着宿舍镜子里的自己,仿佛魂魄找到了肉身所居一样,美在我身上苏醒了。

是在一次课间,前桌转过头来,瞥见我的侧脸,突然叫我别动。我问她为什么,她笑着说,发现我的侧脸很帅。我不免感到一阵羞赧。

这是我人生第一次意识到好看这个词原来可以跟自己的世界有关,虽然也只是被人提到某个角度尚能入眼,但我已经顿感欣喜。

转眼过去十年了,前桌已经结婚生子。她永远不会知道曾经在课间不经意的一句话,却让一个男孩子黯淡的世界开始有了光亮。

美一直都隐藏在我们身边,很多时候我们都是通过旁人的提醒而发现它,意识到它的存在。

小学时,尚且还在咿呀学语阶段,老师就教我们唐诗。

活泼泼如《咏鹅》,哀戚些的若《静夜思》,都是用白描的手法，通过事物缤纷的颜色、亦动亦静的形态使幼童在脑中想象出相关图景，体会藏在诗中的百般情感。

老师循循善诱，但我们似乎对文字本身组合出的声律、对仗的形式更感兴趣，至于情境，也因年纪小无法领悟。

印象最深的是柳宗元的那首《江雪》，语文老师当时为我们深情朗读着："千山鸟飞绝，万径人踪灭，孤舟蓑笠翁，独钓寒江雪。"

她在"绝""灭""孤""独"这些字上用了重音，提醒我们需要注意。在课的末尾，她又讲出这诗中蕴含的，其实是一个不得志的诗人内心的失落与孤绝的情绪。诗因这情而美，而动人。

但当时，我们满脑子只住着她那清丽如泉从林间涌出的声音，以及作为生活在南方不曾见雪的我们，对"寒江雪"这种意象的向往之情。对美的欣赏只是关乎表象。

多年以后，当我只身行旅在北方的雪山里，十九岁刚刚成人的年纪，远离南国，在遥远的他乡奔波，孤独随着零下三十多度的寒气漫到了胸口。

世界辽阔无垠，来路变得异常模糊，而往前望去，似乎也无尽头。我口中呵出热气，清晰可见，又瞬间消失，光阴稀薄，散了又散。

我步履踟蹰，一个踉跄，倒在地上，陷落于这白茫茫天地当中，四周声息寂静，仿佛内心跃动的声响已胜过其他。瞬间对眼前的风景看得极其清楚了，除了秃木枯枝，剩下一片空白，没有后来的人，也不见前面的人，只是自己一个人躺在这里。

那一刻，我突然想起了《江雪》，才知千百年前的柳宗元竟在诗里写尽了一个人的孤独，那孤绝之美，此刻我是靠得最近了。

回到民宿，在窗外如豆灯火悉数被吹熄的时刻，我在红炉面前，蘸着微光暖意，又品起唐诗。

再见到《江雪》，首先映入眼帘的是这四行诗句的首字，连在一起，组合成"千万孤独"，瞬间惊叹柳宗元的才情，在这文字中竟藏匿着如此迷人的世界。一个在大雪天坐于孤舟中独自垂钓的"蓑笠翁"，怀揣的是这人间的千万孤独。

这样美的意境穿越了岁月厚实的墙垣，来到现在，从未过时。而有所经历的当下人也在青春的烟花褪尽后，与这些美的字句互为镜面，彼此观照个体命运于这世间的万千喜乐。

美是种子，当我们有了生活的阅历，有了与世界更多的关联，便有了能够催生这些种子生长的养料。

《红楼梦》中"黛玉葬花"一幕让人过目不忘，其深刻之处是曹雪芹营造出的悲来自人与物共有的命运。睹物而思过往遭遭，风月离合，林黛玉认识到自身终究是要走向消逝的，同这落花无异，都有无法摆脱的凄凉。她楚楚吟道："花谢花飞花满天，红消香断有谁怜？游丝软系飘春榭，落絮轻沾扑绣帘。闺中女儿惜春暮，愁绪满怀无释处。手把花锄出绣帘，忍踏落花来复去。"这悲因共情而长出美的花枝，在表象繁盛实则荒凉的红楼里傲然绽放。

金庸在《神雕侠侣》里刻画了少女郭襄在黄河边与杨过初遇的情景。此时的杨过已不再是翩翩少年郎，断了右臂，两鬓已显斑白，但在他摘下面具的一刻，对眼前的"神雕大侠"钦佩不已的郭襄，眼中若有熠熠星辰，发出倾慕光亮。才女林燕妮对这一场景有诗评道："风陵渡口初相遇，一见杨过误终身。"初相见，长相思，世情男女在爱的旅途中回忆最多的莫如此，因为它美，有着爱情最初纯澈的光亮。

2017年的夏天，我出差到山西进行教学交流，车过风陵渡，心中不免兴奋起来，在列车疾驰中，透过车窗搜索着黄河边上的渡口，它还安好吗？曾想着跟某个人来，在落日河畔信誓旦旦，但在这一年春光散尽的时候，那个人也离开了我的世界，如烟火一般盛大的恋情在大雨如注中不见踪迹，独剩我饮酒醉去。再回首当初，一切璀璨，愈发璀璨。这么多年过去了，大河滔滔，风尘四起，人间变幻太多，"风陵渡口"最终只成了金庸笔下侠骨柔情的代名词，是美的库存。

也理解了曾经听过不觉精彩的歌，为什么到了现在，每回听都不禁红了眼眶的缘故。不是歌变好听了，而是我们都有了岁月跟生活的痕迹。它们共同构筑了我们对美的认识，对美的欣赏，对美的体悟。

美的功能主要是服务内心，调节内心的气候。使人于失落时愉悦，如在深谷见着希望的光束洒落；于焦灼时冷静，仿佛在炎夏沙石上行走而有溪水赶来。一个人不断感受着美，美会逐渐在他心底积聚成一种力量，让人更好地去生活，判断、思考世界的各个层面。

从这点上来说，美并无高低之分。

有人看到橱窗里的金装玉裹极为赞叹，有人心心念念宝马雕车，有人站在碧瓦朱甍下流连忘返，太多人穷极一生追求着这些物质之美。

同样，也有人饮一杯清茶，读一首短诗，练一幅字画，看一朵花开放，或者守着一片天地一个人等日子途经，带来风霜雨雪，雕琢、打磨彼此容颜，最后与这岁月共白首，这些也是美的。

在这辽阔世间，使内心舒适的事物都是美的化身。美使我们活着，像个人，会看天识云，望海赏鲸，在滚滚红尘里行走，用心珍藏每一个动人瞬间。

但我们却很容易忽视这些美好的事物。昨天的奔波，今天的加班，明天的倦怠，现实压力将人赶进高墙当中，忙着生，忙着死，忙着成为一具机器，丢失生活的品质。时间一长，人就丧失了对美的感受能力，美就像水蒸发了。

且让生活慢一点，以生命融入四季的水墨、虫鸟的交响，看云，看月，看漫天的星辰，看岁月如何奔驰，走过冬天，迎来春天，又满载萤火枫叶，送至窗前。

在每一回夜行途中抬起眉梢，打开手电，用美的光束照亮黯淡的角落。日子如尘落下又扬起，勾勒出山海般起伏的轮廓，所有的微小都与庞大连接，所有的美都在等待意识醒来的时刻。

林清玄曾说："生命的实质是空无的，串起这空无的，只是一个个有感有悟的刹那，刹那就是生命的本身。"

刹那，是美出现的瞬间，我们因此感觉自己曾真实地活过。

出 品 人：许　永
出版统筹：海　云
责任编辑：许宗华
特邀编辑：雷　彬
装帧设计：李双鑫
印制总监：蒋　波
发行总监：田峰峥
投稿信箱：cmsdbj@163.com
发行：北京创美汇品图书有限公司
发行热线：010-59799930

创美工厂
官方微博

创美工厂
微信公众号